Wilfried Schneider arbeitet 2006 als Lehrer an einem Gymnasium im Osten Deutschlands. Eine Schülerin, Maria, wendet sich mit Problemen an ihn. Er glaubt in ihrer Mutter Kathrin eine frühere Freundin wiederzuerkennen. Die Erinnerung an die Zeit mit ihr bringt ihm den Verdacht, der Vater der großen Schwester der Schülerin zu sein. Die Rückblenden, das Kennenlernen und Fortschreiten der Beziehung zu Kathrin, zeigen Alltag in der DDR. Ein deutsch-polnisches Ferienlager für „Arbeit und Erholung", Schulalltag, Kleinstadtleben in den Achtzigern. Entsprechend dem kulturellen Umfeld enthält die Erzählung Zitate und Hinweise auf Literatur und Musik.

Umschlagmotiv: © privat

TWENTYSIX – Der Self-Publishing-Verlag
Eine Kooperation zwischen der Verlagsgruppe Random House und BoD – Books on Demand

© 2017 Schneider, Wilfried

Herstellung und Verlag:
BoD – Books on Demand, Norderstedt.

ISBN: 9783740733704

„Ich will auch gern öffentlich bekennen, dass ich die ganze Geschichte von A bis Z erlogen habe. (...) Wahr sind nur die Erinnerungen, die wir mit uns tragen, die Träume, die wir spinnen und die Sehnsüchte, die uns treiben. Damit wollen wir uns bescheiden."

Schlusswort von Heinz Rühmann als Schüler/Schriftsteller in dem Film „Die Feuerzangenbowle".

Hellblau mit 'nem bisschen Grün.

Wilfried Schneider
Erzählung

Vorspiel

„Sie wollen sich mit meiner Mutti treffen? Cool!" Ich war in Eile, das Mädchen aber so aufgedreht. Marias Gesicht schien vor Aufregung zu glühen. Sie strahlte mich an, wartete auf meine Bestätigung. „Ja ... ", ich suchte nach einer Antwort, einer Erklärung, „ich habe gedacht ..., das ist besser, wenn deine Mutti weiß, dass wir zwei, du und ich, manchmal miteinander reden."

Sie hatte mich in der ersten großen Pause auf dem Flur abgefangen, viele Schüler waren unterwegs. Wir behinderten durch unser Verharren an dieser Stelle. „Ich bin schon ganz gespannt auf deine Mutti!" Die Bemerkung verschwieg eine weitere Bedeutung – ich kannte offenbar die Mutter der Schülerin. Gern hätte ich Details erfragt, aus welchem Ort die Mutter stammt, ob sie studiert hat, wie alt sie ist, ob alles so zusammen passen würde, wie ich es annehmen musste. Der Lehrer, der ich ja Maria gegenüber war, traute sich an in diesem Moment keine weiteren Fragen. Außerdem bestand die Gefahr, dass ich sie zusätzlich verwirren würde, auch weil meine Schlussfolgerungen doch sehr konstruiert waren. Anscheinend wusste man im Elternhaus von Maria bisher auch nicht, wer dieser Lehrer Schneider ist. Oder Kathrin, falls diese Kathrin ihre Mutter war, hat längst diese Zeit vergessen, die Erlebnisse verdrängt, diese Seite in dem Poesiealbum ihres Lebens schnell umgeblättert oder überklebt. Und doch meinte ich, diese Seiten noch einmal aufrufen zu müssen, denn wir waren uns einmal nah, sehr nah.

„Das ist cool, da haben sie einfach meine Mutti angerufen." Die dunklen Augen schienen zu leuchten. „Ja, übermorgen treffen wir uns. Um halb zwei. Ich freue mich schon darauf!" Freude? GESPANNTE ERWARTUNG wäre treffender gewesen, eigentlich fühlte ich eine bange Unsicherheit. Konnte es vielleicht sogar sein, dass ich der Vater von Melanie, Marias großer Schwester bin?

Mit meiner Tasche und den Kopien für eine Mathematikarbeit stand ich unruhig zwischen dem Gewusel des Pausenflures. Ich lächelte Maria überfordert zu und lief weiter. „Bis später!" Schon vor der Tür der 9s murmelte gesunde Unruhe, die normale Aufgeregtheit vor einer „großen" Arbeit. Nach den üblichen Formalitäten, Kontrollen, Belehrungen und ermunternden Worten teilte ich die Blätter mit den Aufgaben aus. „Nach zwanzig Minuten sammle ich den A-Teil ein, viel Erfolg."

Kathrin K. Seit dem Anruf bei Marias Mutter, den wenigen gesprochenen Worten, hatte ich diese Geschichten wieder in meinem Kopf. Erinnerungen, die Dialoge und Bilder zusammensetzten. Die Freundin von damals verklärte sich mit jeder Wiederholung, mit jeder sich neu formierenden Szene. Ich kam mir darin immer gemeiner vor, ein Ignorant, der egoistisch das nahe Glück nicht sah und der jungen Frau wahrscheinlich sehr weh tat. Was hätte aus der Beziehung werden können? Würde sie heute zufrieden an meiner Seite leben? Kathrin, die Mutter von Maria, so es diese denn war. Kathrin, das Mädchen aus dem Sommerlager.

1 Ankunft

Hans hatte im Sommer 1986 diesen schlimmen Autounfall. Immer wieder musste er uns danach erzählen, wie er laut rufend dem Abschleppwagen nachrannte. Mit Schrammen im Gesicht, einer verstauchten Hand und am Bein blutend. Er kletterte noch einmal in sein schrottreifes Auto, weil er wenigstens seine Lieblingsmusikkassette retten wollte: Kevin Johnson. Diese bizarre Idee kam ihm, als er schon auf der Trage der Sanitäter lag. Ich war zu diesen Wochen mit Schülern in unserem Nachbarkreis unterwegs. Der Sommer hatte sich bis zu der ersten Ferienwoche mit den Temperaturen zurückgehalten, an diesem späten Nachmittag erfüllte er alle Erwartungen. Die Eröffnung eines Sommerlagers, eines „Lagers für Arbeit und Erholung" sollte auf der alten Burg stattfinden. Dieser Ort bot zwar einen historisch bedeutsamen, für diese Veranstaltung allerdings, so schien mir, einen eher unpassenden Rahmen.

„Sie finden doch zur Burg, Herr Schneider? Dort werden Sie auch unsere Betreuerin, Frau Kunert treffen. Die polnischen Gäste nehmen Sie doch bitte gleich mit! Ich komme dann mit dem Auto nach, wegen der Versorgung. Also, wir sehen uns dort oben. Bis später."

Das beginnt ja wieder prima. Organisierte Feriengestaltung für eine polnische Jugendgruppe zusammen mit deutschen Schülern. Deutsch-polnische Begegnung der Jugend. Offensichtlich bin ich auch in diesem Jahr wieder der Läufer, der Arbeiter. Diese Frau Kunert muss eine neue Mitarbeiterin sein. Ich habe den Namen nicht in Erinnerung. Die Gruppe der polnischen Schüler steht abwartend herum. Sie wird offensichtlich von zwei Frauen geführt. Beide machen einen kompetenten Eindruck. Vorhin haben sie ihre Gruppe antreten lassen, mit ruhigen, leisen Worten und doch hörten alle Jugendlichen sofort und stellten sich auf. Alle Achtung.

Endlich oben auf dem ersten Burghof angekommen, bin ich völlig außer Atem. Die jungen Leute um mich herum sind, wie immer, quietschfidel. Dabei haben sie den ganzen Weg hier herauf geschnattert und ihre Späße gemacht. Oft ging es um Mike, harmlose Neckereien, mehr oder meist weniger originell. „Unser Mike hat viele Fans, denn er kann Gesichts- Breakdance." Sie mögen ihn, er ist ein netter Kerl, aber er kann sich verbal am schlechtesten wehren.

Eine junge Frau, fast noch ein Mädchen, kommt auf uns zu. Ihre Strickjacke sieht aus, als wäre sie mindestens drei Nummern zu groß, aber trotzdem, oder gerade deswegen, sehr bequem. Dazu hat sie ein buntes Tuch mehrfach um den Hals drapiert. Die dunkelblonden Haare sind durch den Wind hier oben zerzaust, es schadet der halblangen Frisur kaum und unterstreicht ihre Jugend. Aber, sollte das Frau Kuhnert sein? Eine Frau, eine weibliche Betreuerin, das passt schon gut. Ich bin mit 18 Schülern hier, davon sind genau 9 Mädchen. Aber mir wäre eine ältere Betreuerin, mit mehr Erfahrung und möglichem Einfluss auf die Gastgeber schon lieber.

Das Mädchen hier hat höchstens neunzehn, zwanzig Sommer erlebt. „Guten Tag. Sie müssen Herr Schneider sein. Ich begrüße Sie. Ich bin die Kathrin. Kathrin Kunert. Sie haben gleich die polnische Gruppe mitgebracht. Prima." Überrascht stelle ich fest, dass ich sie sympathisch finde. Das forsche Auftreten kaschiert die Unsicherheit. Ihre Stimme in einer guten Mittellage mit einem kleinen Kratzen im Hintergrund weckt mein Interesse. Und sie hat mit ihrer schmalen Hand einen richtigen Händedruck, nicht so ein lasches ‚Patschhändchen geben‘. Die beiden polnischen Betreuerinnen werden zunächst nur kurz begrüßt, langsam und bemüht deutlich. „Guten Tag. Ich bin Kathrin Kunert. Kommen Sie bitte mit in den Festsaal. Ich darf vorausgehen?" Einige „offizielle" Personen erwarten uns schon. Frau Kunert vermittelt. „Darf ich Sie bekannt machen? Frau Scharfenstein vom Rat des Kreises, Abteilung Jugend und Soziales." Ich schüttle nach der Begrüßung der polnischen Betreuerinnen auch die dargebotene Hand der kräftigen Frau. Sie hat schon den Begegnungen der letzten beiden Jahre vorgestanden. Gisela Scharfenstein sieht aus, als könne man mit ihr die oft zitierten Pferde stehlen. ‚Im Dienst‘ weiß die Chefin aber mit Sicherheit genau, was sie will und setzt das auch konsequent durch. „Sie ist die Leiterin des gesamten Projektes." Ich lächle, so freundlich ich kann: „Gisela, Guten Abend. Es freut mich, Sie wiederzusehen." Kathrin Kunert, ein wenig verunsichert: „Ach ja, natürlich. Sie kennen sich.", fängt sich schnell: „Herr Martin, hier, steht uns als Dolmetscher zur Verfügung." Der zweifellos wichtige Mann ist ein wenig älter als ich, er hat eine lustige Bubifrisur. Mit ihm kommt man bestimmt gut aus. Er ist wirklich neu für mich, im letzten Jahr mussten wir ohne Vermittler auskommen. Die ausländischen Betreuerinnen werden jetzt offiziell vorgestellt. Ihre Namen klingen so polnisch, wie ich es erwartet habe. Beim allgemeinen Händereichen reduzieren sie sich aber auf „Beata" und „Magda". Diese unkomplizierte Variante der Anrede hatten die Polinnen mir schon unten im Tal angeboten.

Ich entschließe mich also auch spontan zu „Willi, Wilfried Schneider." Wir erfahren, dass bei der festlichen Eröffnung des diesjährigen „Lagers" noch zwei weitere Vertreterinnen vom Amt ‚Jugend und Soziales‘ anwesend sind. Eine davon ist die Frau, die mich in der Unterkunft losgeschickte, ich habe ihren Namen schon wieder vergessen. In der Reihe der „Offiziellen" präsentiert sich außerdem ein älterer, drahtiger Herr im Anzug. Er bemüht sich, Interesse zu zeigen und wird als der „Vertreter des Ratsvorsitzenden" vorgestellt. Außerdem wartet am Ende des Ehrenspaliers der Kreissekretär der FDJ mit einer jungen Mitarbeiterin, er zeigt ein dienstliches Grinsen. Im Saal warten auch etwa zehn Jugendliche aus dem Gastgeberkreis, sie präsentieren wohl die einheimische Jugend. Mehrere kleine Reden sind schnell gehalten, Herr Martin übersetzt spontan für die polnischen Gäste oder deren Ansprache für uns. Es dauert immer eine kleine Weile, bis sich die jeweiligen Akteure auf die notwendigen Pausen eingestellt haben. „Es lebe die deutsch-polnische Freundschaft! Es lebe die polnisch-deutsche Freundschaft!"

Abseits ist ein kleines Büfett aufgebaut, es soll die Veranstaltung auflockern und abrunden. Die polnischen Schüler greifen zunächst sehr zaghaft zu und ich befürchte, meine Jungen werden in ihrer Unbekümmertheit alles alleine abräumen. Die ausländischen Gäste stehen in Gruppen abseits, sie beobachten das Geschehen und werten es wahrscheinlich untereinander leise aus. Der Kreissekretär der FDJ, obwohl weit über dreißig, ist im Blauhemd erschienen, es ist seine Dienstkleidung. Er war auch letztes Jahr dabei. „Herr Schneider. Sie auch wieder hier in unserem Kreis. Ich wünsche Ihnen eine schöne Zeit bei uns. Und eine erfolgreiche Aktion." Dienstliche Freundlichkeit. Wieso können sich die anderen immer meinen Namen merken und ich mir nur die Gesichter und die Stimmungen? „Guten Abend. Danke. Wie geht es Ihnen?" Ich weiß seinen Namen nicht mehr, kann mich aber erinnern, dass er letztes Jahr zur Abschlussfeier in Begleitung einer

14

interessanten Frau erschien. Frau Scharfenstein, mit voller Übersicht, tritt zwischen uns, ich bin ihr dankbar, ignoriert den anderen Herren. „Haben Sie schon das Quartier besichtigt? Sind Sie zufrieden?" Sie bleibt noch, wie auch ich vorhin, beim „Sie", obwohl wir schon an mehreren Abenden in der Vergangenheit beim „Du" angekommen waren. Es ist eben heute „offiziell". „Ja, danke. Das macht dort einen guten Eindruck." Man hatte unsere Gruppe mit einem Bus vom Bahnhof abgeholt und zu dem Flachbau gefahren. „Eine gute Lösung, mit dem Internat. Kam Ihnen die Idee schon im letzten Jahr, als wir dort für diese Feier waren?" Die Andeutung einer Lockerheit schimmert auf, die Starre des monatelangen Abstands bröckelt ein wenig. „Ich glaube auch, dass Sie es dort ganz gut haben werden. In dem Wohnheim sind ideale Bedingungen. Die LPG ist ziemlich reich. Außerdem habe ich Ihnen meine beste Mitarbeiterin, Frau Kunert, abgestellt." Ihr ganzes Gesicht ist jetzt ein offenes Lächeln, wiedergefundene Vertrautheit. „Nun dann, auf gutes Gelingen." Es lebe die polnisch-deutsche Freundschaft! Es lebe die deutsch-polnische Freundschaft!

Der Abstieg hinunter in die Stadt, nach dem Empfang, realisiert sich leichter und mit viel Geschnatter. Frau Kunert käme später nach. Als „Ortskundiger" laufe ich voran. Knapp vierzig deutsche und polnische Schüler-innen und Schüler in ausgelassener Stimmung verfolgen mich durch die abendlichen Straßen. Die beiden polnischen Betreuerinnen beschließen den langen Zug. Unsere Gäste bleiben oft vor den Schaufenstern stehen und betrachten die Auslagen. Ich muss die Jungen an der Spitze immer wieder bremsen. Erst nach einer knappen Stunde sind wir am Wohnheim. Herr Martin, der Dolmetscher wartet schon, er hat auch Frau Kunert mitgebracht. Ich vermute, dass ihm eines der beiden Autos auf dem Hof gehört, der weiße Skoda. Der Lieferwagen daneben ist offensichtlich das Dienstfahrzeug des Internatsleiters. Wir werden bekannt gemacht, uns vorgestellt. Die Unterkunft befindet sich in einem Ensemble von Zweckbauten; Fahrzeughallen, Werkstätten, Lagerhallen, dabei eine Grossküche mit Speiseraum und gleich daneben noch ein Flachbau, das Internat, Wohnheim für die Lehrlinge. Alles inmitten von Feldern und Wiesen auf einem weitläufig betonierten Südwesthang gelegen. Das Gelände und das Gebäude zeigen sich jetzt, in den großen Ferien, tatsächlich für uns bestens geeignet. Zweier-, Dreier- und Viererzimmer für die Schüler, zweckmäßig eingerichtete Betreuerzimmer und mehrere andere größere Räume, die man für die unterschiedlichsten Betätigungen nutzen kann. Ich hatte mich bereits am Nachmittag umgesehen. Unsere Zimmer sind wohl im vorderen Teil, die der polnischen Gruppe im hinteren. „Herr Schneider, wir wollen alle Fünf in ein Zimmer. Dürfen wir?" Meine Jungen aus der Zehn mit ihren Ideen. „Fragt den Internatsleiter!" „Der hier so wichtig als Oberchef rumrennt?" „Genau." „Haben wir schon. Der sagt, wir sollen Sie fragen!" „Dann macht das doch. Wird es nicht zu eng?" „Nee, geht schon!" Sie antworten im Wegrennen.

Durch mich würde sich das Durcheinander auf dem Flur nur vergrößern. Vor der Baracke steht eine stabile Bank, ich halte mich aus dem Einsortieren heraus.

Da bin ich ja mal gespannt, auf was ich mich wieder eingelassen habe. Zwei und eine halbe Woche im Juli, große Ferien. Deutsch-polnische Begegnung, organisiert bei ‚Arbeit' und ‚Erholung'. Drei von meinen Schülern kenne ich kaum, mehrere sind aus meiner Klasse, die Zwillinge, Jens, Grit, Susi und Sybille waren schon im letzten Jahr dabei.

„Im Fernsehraum steht noch ein Koffer!" Der ‚Oberchef'. „Ja, das ist meiner. Mal sehen, wo hier noch ein Bett frei ist!" „Frau Kunert sagt, Sie schlafen hier gleich gegenüber. Sie hat auch alle Schlüssel." Ein unverbindliches Lächeln. „So. Herr Schneider, ich wünsche Ihnen einen angenehmen Aufenthalt. Hier ist soweit alles in Ordnung. Frau Kunert weiß Bescheid. Schönen Abend noch!" Kühle, dienstliche Freundlichkeit. Natürlich gibt er sein Internat nicht gern her. Ich verstehe ihn. „Danke. Das wird schon gut werden. Schönen Feierabend." Skeptisches Nicken. Er fährt vom Hof und ich gehe nachsehen, was sich Frau Kunert vorstellte. Sie steht am Ende des langen Flures, wahrscheinlich vor dem Zimmer der beiden polnischen Betreuerinnen und erzählt mit diesen. Ich hole meinen kleinen schwarzen Koffer und die zwei Beutel aus dem großen Raum in der Mitte der Baracke und bleibe fragend stehen. Kathrin Kunert lacht, kommt näher, ruft den beiden Polinnen noch eine Antwort zu und schließt mir ein Zimmer auf. „Ich denke, das hier ist ganz passend." Der Raum ist schmal, ein Bett, ein Schrank, ein Tisch mit Stuhl, eine Waschecke. Und er ist gegenüber der Eingangstür. „Prima, passt!" Ich stelle meine Sachen ab. „Hier nebenan ist auch gleich ein Gruppenraum." Sie zeigt auf die nächste Tür. „Ich werde, wenn ich nachts im Haus bin, dahinten schlafen." Ihr Blick zielt in die Tiefe des Flures. Dann reicht sie mir einen Schlüsselbund. „Hier ist der Zimmerschlüssel und der hier ist für den Haupteingang, unten an der Straße. Der gelbliche, lange Schlüssel ist für den Speiseraum, der Kleine hier … weiß ich auch nicht."

„Herr Schneider, wann gibt es denn Abendbrot?" Wieder meine Jungen. Peinlich. „Gab es doch schon auf der

Burg. Ich glaube nicht, dass es jetzt noch was gibt." Wir sehen Frau Kunert an. „Gehen wir doch einmal in die Küche und sehen nach." Es klingt zumindest sehr verständnisvoll. Jens begleitet sie. Mit der erfreulichen Meldung: „Jede Menge Brot und Butter und Wurst!" kommt er zurück. Ich beauftrage ihn, in allen Zimmern Bescheid zu sagen. „Den Polen auch?" „Nein, um die sollst du herumschleichen! – Natürlich denen auch." Er wird verlegen und ärgerlich gleichzeitig. „Ich meine doch, wie soll ich das denn sagen?" „Lass dir was einfallen! Sag's eben russisch!" Er sieht mich erschrocken an. „Wo is'n der Dolmetscher?" „Der musste schon vorhin gehen. Er hatte etwas ‚Privates' vor!" Stöhnend macht der Junge sich auf den Weg. Aber er ist clever genug, in der polnischen Hälfte bei den Betreuerinnen zu beginnen.

Eine knappe Stunde später setzt sich Kathrin Kunert zu mir auf die Bank vor dem Haus. „Was passiert heute noch?", fragt sie mich, während sie eine Zigarette anzündet. „Tja. Ein Jugendherbergsleiter hat mal gesagt, am schlimmsten sind immer die erste und die letzte Nacht", erzähle ich ihr. Sie nickt lächelnd und ich vervollständige das Zitat: „Leider, sagte er noch, bleiben die meisten nur zwei Nächte." „Na, dann haben wir aber noch mal Glück. Wir bleiben ja länger." Ihre Nähe hat etwas Beruhigendes. „Ach, da passiert heute nichts mehr. Eine Belehrung über die Hausordnung musste ich schon heute Nachmittag durchführen, als wir angekommen sind. Die wissen alle, dass um zehn Uhr auf dem Flur Ruhe sein muss. Die Jungen waren schon die Gegend erkunden. Sie sind eben wiedergekommen. ‚Total tot hier, alles¡ war die Kurzzusammenfassung. Es wird also auch keiner weglaufen. Natürlich werden sie heute noch lange erzählen. Das ist doch gerade das Aufregende. Mit den anderen Schülern

18

in einem Zimmer, in einem Internat. Deswegen sind sie ja hier. Solange man keinen Lärm auf dem Flur hört, habe ich auch nichts dagegen." Ein langer, typischer Lehrervortrag, aber die junge Frau scheint auch zu entspannen. „Sie waren schon letztes Jahr hier?" „Nicht hier. Im ‚Lager für Arbeit und Erholung' bin ich schon zum dritten Mal in dem Kreis. Letztes Jahr hatte man uns aber in der Neubauschule, Anne-Frank-OS, untergebracht. Damals waren wir zur Erdbeerernte und anderen Feldarbeiten hier. Im Jahr davor haben wir vor- und nachgerichtet." „Und das war so schön, dass Sie jedes Jahr wiederkommen?" „Ach, na ja, irgendetwas muss man ja doch in den Ferien machen. Auch als Lehrer. Mindestens zwei Wochen. Und bevor ich die Hortkinder betreue oder den Schulgarten umgrabe..." Sie schweigt und raucht. Im Haus hinter uns findet Jugendleben in akzeptablen Lautstärken statt. Vor den Fenstern hüllt uns der Sommerabend ein. „Im ersten Jahr", berichte ich leiser, „kam ich ganz zufällig dazu. Eine komplette zehnte Klasse sollte als Abschlussfahrt zu einem ‚Lager für Arbeit und Erholung' nach Polen fahren. Dann kam die Meldung, dass es nicht in Polen, sondern in der DDR, ich glaube, in Schwerin stattfinden würde. Kurz vor dem Termin, erhielt die Schule die Mitteilung, dass es erst in den Schulferien und hier, in diesem Kreis durchgeführt wird. Daraufhin wollte nur noch die halbe Klasse fahren und die Klassenlehrerin auch nicht mehr. In den Nachbarkreis! In den Ferien! Die verbliebenen, willigen Schüler fragten mich, ob ich nicht mit ihnen fahren würde. Ich kannte die Klasse, ich hatte Mathe, Physik und Astro bei denen. So fing das dann an." „Sind die Schüler jetzt auch alle aus einer Klasse?" „Nein, schon vorletztes Jahr wurden die freien Plätze mit anderen Freiwilligen gefüllt. In diesem Jahr hatte ich nur eine Information und eine Liste zum Eintragen an der Wandzeitung. Ich konnte aussuchen und musste sogar einigen Schülern absagen. Aber fast alle vom vorigen Jahr, die nicht die Schule verlassen haben, sind auch wieder mit dabei." Wir sitzen nebeneinander, die Augen auf das weite Gelände gerichtet. Mit dem Licht verschwinden auch langsam die Konturen in unserem Blickfeld. Eine große, flutlichtartige Lampe in der Mitte des Platzes zwischen den Gebäuden ist zum Glück nicht an. „Und Sie, wie kommen Sie zu der Aufgabe hier?" „Ich", sie sortiert sich erst ein wenig, „ich arbeite auch beim Rat des Kreises. Gisela, Frau Scharfenstein ist meine Chefin. Und jetzt bin ich konkret für die Durchführung und Betreuung dieses Lagers … äh … beauftragt, also … zuständig." „Verantwortlich, Sie haben die Mütze auf?" „Nein, verantwortlich ist die Gisela. Ich muss mich nur kümmern, dass hier draußen alles läuft, dass sich die polnischen Gäste wohlfühlen… Und Sie natürlich. Dass alles so klappt, wie es geplant ist. Ach … wollen Sie ein Bier haben? Oder ein Glas Wein?" Sie muss lachen.

„Haben Sie eine Hausbar mit?" „Hausbar nicht, aber es ist schon ausreichend, hinten bei mir im Zimmer. Das ist mehr eine Vorratskammer. Sogar mit Kühlschrank. Vorbereitet für alle Anlässe. Möchten Sie etwas?" Ich habe eine Vorstellung ihrer Vorräte, Erfahrungen der letzten Jahre. „Nein, jetzt nicht mehr. Danke. Was machen unsere polnischen Damen?" „Ich weiß es nicht." Sie zuckt mit den Schultern. „Wahrscheinlich haben diese sich schon zurückgezogen. Die haben eine lange Reise hinter sich. Die Gruppe kommt ganz aus dem Osten Polens, fast von der russischen Grenze. Wer weiß, wann die losgefahren sind. Die haben nur gefragt, um wie viel Uhr es morgen los geht und sich für heute entschuldigt."

Wenige Minuten und eine weitere Zigarette später

erzählt Frau Kunert auch etwas vom ‚frühen Aufstehen und anstrengenden Wochenende'. Sie verabschiedet sich, nachdem wir probehalber 6.15 Uhr als Wecktermin vereinbart haben. Später, auf dem Flur, höre ich aus den ‚polnischen' Zimmern tatsächlich keine Stimmen mehr. Ich setze mich allein vor das Haus, bis es hinter mir, in ‚meinen' Zimmern auch ruhiger wird. Schade, dass ich mich vorher bei der Getränkefrage geziert habe. Jetzt würde ich gern ein „Absacker"-Bier trinken. Noch eine Runde um die Baracke. Feierabend.

2 Alltag

Zwei zugeteilte Mädchen helfen der Küchenfrau, die um sechs Uhr auf einem Moped angeknattert kam, beim Vorbereiten des Frühstücks. Frau Kunert ist mir auch schon mit einer Waschtasche auf dem Flur begegnet. Sie hat lachend erzählt, dass ihr Bett in der Nacht zusammengebrochen ist. Zum Wecken rufe ich zuerst auf dem Flur, drehe ein Radio laut und gehe danach noch einmal an alle Schlafräume. An den ‚polnischen' Zimmern klopfe ich nur, aber man hört hinter allen Türen schon Leben. Franzi, eine von ‚meinen' Mädchen ist in der Nacht, sagt sie, aus dem Doppelstockbett gefallen. Warum sie unbedingt oben schlafen wollte, wenn sie keine Erfahrung damit hat? Es wäre toll und sie werde heute Nacht eine weitere Decke unten ausbreiten, damit ein eventueller, erneuter Aufprall weniger hart wird.

Beim Frühstück, es gibt sogar frische Brötchen, gebe ich noch einmal alle wichtigen Informationen aus: „Anschließend: Zimmer aufräumen. Drei viertel acht kommt ein Bus und holt uns ab. Etwa sechzehn Uhr werden wir wieder hier sein. Danach beim Waschen und Umziehen bitte beeilen. Schon siebzehn Uhr müssen wir im Kulturhaus sein, wahrscheinlich fährt uns aber der Bus. Dort ist ein Vortrag über die Gegend." Magda gibt die Fakten polnisch an ihre Gruppe weiter. „Müssen wir da auch mit? Ich kenn doch schon alles!" „Na klar, Sven. Du schon, aber die Gäste nicht. Es muss sein und ich hoffe, du tust interessiert. Überleg Dir schon einmal mindestens eine vernünftige Zwischenfrage." Ein Grinsen lässt sich nicht verkneifen.

Die zwei Mädchen bleiben heute den ganzen Tag in der Küche. Viele der anderen Schüler sind schon in Arbeitssachen an den Frühstückstisch gekommen. Ein Bus steht bereit, er kann pünktlich abfahren. Wir verlassen die Stadt in südlicher Richtung. Nach nicht einmal einer viertel Stunde sind wir schon am Ziel, eine kleine, beschauliche Jugendherberge am Rand eines Waldes. Zwei Männer stehen rauchend beieinander, erwarten uns auf dem bescheidenen Parkplatz. Ich begrüße sie, stelle erst mich, dann die beiden polnischen Betreuerinnen vor, sie sagen selbst ihre Namen. Die ‚Kundigen', sie haben sich als ‚Herr Kaminski, der Herbergsleiter' und ‚Peter, Leiter dieser Baumaßnahme' eingeführt, betrachten mit Skepsis die um uns stehenden ‚Willigen'. ‚In Arbeitssachen' war angesagt worden. Am nächsten kommt dieser Vorgabe noch Klaus Leiner aus meiner Gruppe, er steckt in einem Blaumann und trägt Gummistiefel. Die anderen haben alte, derbe Hemden oder T-Shirts, darüber Pullover, abgelegte Strickjacken oder Trainingsjacken an. Die meisten tragen Turnschuhe, einige sogar Sandalen. Die Männer verständigen sich. „Etwa fünfzehn Paar! Mal sehen. Aber in diesen Größen?" sagt der ‚Leiter der Baumaßnahme' zu seinem Partner. Ihren Gesichtern kann man unschwer Pessimismus und eine gewisse Lustlosigkeit bei dieser Aktion ansehen. Der Herbergsleiter tritt nach vorn. „Liebe Jugendfreunde, liebe ... Betreuerinnen, lieber Herr ...", ich helfe ihm: „Schneider". „... Herr Schneider. Ich begrüße Euch in ..., vor unserer Jugendherberge. Ich freue mich, dass wir nun endlich mit eurer Hilfe diese Modernisierungsmaßnahme durchführen können." Die Schüler sind zögernd näher gekommen und hören ihm zu. Die jüngere Betreuerin, Magda, übersetzt wieder für ihre Schüler halblaut. „Wie Ihr vielleicht schon wisst, hat unsere Jugendherberge eine Außenstelle, unser Waldhaus." Er zeigt auf den Wald schräg hinter ihm. „Da hinten! Das Waldhaus ist sehr beliebt. Wir können es aber nur im Sommer nutzen. Es hat nämlich keinen elektrischen Anschluss." Er blickt auf die polnischen Schülerinnen und Schüler. „Keinen Strom! Und den, also die Zuleitung, werden wir, also ..., verlegen ..., also ... den Graben ..." Ich frage mich, was die junge Polin wohl jetzt übersetzt. Zum Glück für das Ansehen der deutschen Männer greift jetzt der Leiter der Maßnahme ein. „Liebe polnische und deutsche Jugendfreunde! Unsere Aufgabe ist es, einen Graben so vorzubereiten, dass die Zuleitung entsprechend den DIN-Normen verlegt werden kann. Das wisst Ihr ja bestimmt schon. Ab morgen, spätestens über- morgen, haben wir dafür auch einen kleinen Grabenbagger. Leider erst ... Aber das werden wir schon schaffen. Ich zeige Euch jetzt am besten einmal die Strecke." So richtig überzeugt allerdings auch seine Rede nicht. Es klingt eher, als müsste er sich selber Mut machen. Umso forscher dreht er sich herum und stapft energisch den Weg in den Wald voraus. Magda wirkt ein wenig ratlos. Sie und die polnischen Schülerinnen und Schüler scheinen unentschlossen zu sein. Der Weg ist breit genug, dass ein Versorgungsfahrzeug gefahrlos einem Wanderer begegnen könnte oder eben eine erwartungsvolle Jugendgruppe einer energischen Leiterpersönlichkeit folgen kann. Zweimal streckt sich der Weg auch über große Wiesenflächen. Der geplante Verlauf des Grabens ist abgesteckt und markiert. Meine Jungen haben sorglosen Übermut. „Mike!" „Ja?" „Gehörprobe!" Das ‚Waldhaus' hat einen romantischen Reiz, es macht seinem Namen alle Ehre. Äußerlich erinnert es an eine Mischung zwischen dem Haus der Hexe in den bekannten Geschichten und der Kantine eines reichen Gartenvereins. Allerdings wollte man offensichtlich die notwendigen Werterhaltungsmaßnahmen erst bei Vorhandensein von elektrischem Strom in Angriff nehmen. Der Bau ist verschlossen und ich kann die Jungen nur mit einem sehr strengen Blick davon abhalten, an der Tür zu rütteln. Sie haben schnell erkannt, dass diese kaum noch Widerstand bieten würde. Herr Peter (oder sollte das sein Vorname sein?) wendet und läuft, nachdem er bedeutend genickt hat, wieder nach unten. Die letzten, langsamen Schüler, denen wir jetzt begegnen, fühlen sich bestätigt. Unten angekommen, finden sich allerdings auch in meinem Kopf Bedenken. Es ist doch eine ganz schön lange Strecke. Der Herbergsvater hat von irgendwoher Schaufeln, Spaten, verschiedene Hacken, Arbeitshandschuhe und zwei Schubkarren organisiert. „Wie teilen wir denn die Jugendlichen ein?" Was fragt der mich jetzt? Ich bin ratlos und sehe ihn ermutigend an. Die jungen Polen stehen in einer Gruppe und beobachten, wie meine Jungen streiten, wer Silke eine Runde mit der Schubkarre fahren darf. „Ich denke, wir sollten Gruppen bilden. Vielleicht vier oder sechs. Je drei Schüler pro Land. Und an so viel Stellen fangen wir an!" Er nickt zustimmend „Dann beginnen wir heute an den Stellen, wo der Bagger sowieso nicht eingesetzt werden kann." Mit großer Symbolik nimmt er eine Hacke. „Drei Jungen und drei Mädchen zu mir!" Willig kommt die erste Gruppe zustande. Der Mann erklärt ihnen, was sie machen sollen und nach der erwarteten entsprechenden Frage auch, warum man das mit der Hand machen muss. Nach einer halben Stunde sind alle auf fast zweihundert Metern entlang der Markierung verteilt und beschäftigt. Ich laufe bedeutsam von Gruppe zu Gruppe, sie brauchen meine Ratschläge kaum. Die Mädchen sind eigentlich dabei überflüssig, sie stehen meist herum. Aber durch ihre Blicke motiviert legen sich dafür die Jungen gut ins Zeug. Die beiden polnischen Betreuerinnen sitzen auf einem kleinen Wiesenstück, von wo aus sie alle Schüler gut beobachten können. Magda hat ein Wörterbuch bei sich und eine blaue Mappe, in die sie ständig etwas schreibt. Beide Frauen lächeln mir aufmunternd entgegen, als ich mich ihrem Platz nähere. „Setzen Sie sich bitte zu uns!" Das gute Deutsch von Magda überraschte mich schon gestern. Lediglich an der Betonung, der Sprachmelodie, kann man die Ausländerin vermuten. „Danke. Sie sprechen aber sehr gut deutsch!", wende ich mich an die Jüngere. „Vielen Dank." Sie schüttelt ihren Lockenkopf und winkt ab, „Ich muss noch viel lernen." „Und woher können Sie so gut unsere Sprache?" „Ich studiere Germanistik." „Da kann Ihnen aber nicht mehr viel fehlen!" Sie bedankt sich wieder, dieses Mal, indem sie den Kopf leicht zur Seite neigt, dabei den Oberkörper ein wenig nach hinten nimmt und die Schultern leicht hochzieht. Aus der Nähe sieht sie wie Mitte Zwanzig aus, Beata scheint etwa zehn Jahre älter. „Sind alle Ihrer Schüler aus einer Gruppe, einer Schulklasse?" Wieder ist es Magda, die das Wort an mich richtet. Während ich Details von mir gebe, sieht sie gerade und neugierig in mein Gesicht. Beata dagegen tut unbeteiligt, möglicherweise versteht sie uns gar nicht. Ich frage danach. „Oh, Beata kann auch Deutsch verstehen und sprechen. Sie fürchtet aber, es ist nicht gut genug." Beata lächelt nur. Die Vormittagssonne und der wolkenlose blaue Himmel versprechen einen heißen Tag. Noch ist die Luft erträglich, die Frauen haben eine angenehme Stelle gewählt. Aber ich habe gegenüber den Schülern ein ungutes Gefühl, wenn wir drei hier sitzen würden, während diese arbeiten sollen. Mit: „Wir haben ja noch viel Zeit!" verlasse ich deshalb die beiden, laufe wieder die Strecke ab.

„Wie war es heute am Graben?" Kathrin geht tagsüber, wenn wir arbeiten, in ihr Büro in der Stadt. Sie organisiert die Abende, die Wochenenden und erledigt die bürokratischen Notwendigkeiten. Dabei findet sie auch noch Zeit, nach Hause zu gehen. Sie ist stets, wenn wir zurückkommen, umgezogen und neu hergerichtet. „Ach, heute ging es schon. Mit dem Bagger, da kommen wir gut voran. Das ist jetzt schon ein anderes Arbeiten als gestern. Der hat gestern Nachmittag, oder wann, lange Bahnen gezogen. Jetzt sieht man auch einen Fortschritt. Außerdem ist es gut, dass wir für die Mädchen andere Aufgaben gefunden haben. Setzen Sie sich doch." Kathrin sieht entschuldigend auf ihre Uhr. „Was macht ihr dann eigentlich noch, wenn da ein Bagger ist?" Sie ignoriert, dass ich wieder zum „Sie" zurückgekehrt war. „Da bleibt schon noch genug für die Jungen. Der Bagger kommt nicht überall hin. Und dann sind wohl vermutete Anschlüsse und Wurzeln. Dort muss man mit der Hand ausschachten." Der betonierte Platz vor der Baracke gibt die Sonnenwärme des Tages wieder zurück und verheißt auch heute eine schöne Sommernacht. Unruhig steht die junge Frau neben mir bei der Bank. „Es ist schade, dass die beiden polnischen Frauen sich nicht mit uns heraussetzen wollen!", stelle ich fest. „Im Clubraum gestern Abend war es doch auch ganz nett!" „Ja, aber ich würde lieber hier draußen bleiben."

„Es ist noch Zeit. Vor halb elf wird doch keine Ruhe!" „Ja, Du gehst morgen wieder in dein Büro", ich denke es nur. Die polnischen Frauen lagern wieder im Schatten und ich bin wieder müde. Wenn das Zusammensitzen erst halb elf beginnen soll, endet es doch wieder nicht vor Mitternacht. Wir saßen gestern, als die Schüler in ihren Betten, zumindest in den Zimmern waren, zu viert noch im Clubraum zusammen, die polnischen Betreuerinnen, Kathrin und ich. Irgendwann war ich Kathrin gegenüber

in das vertraute „Du" gefallen. Sie hatte nur bestätigend
genickt, aber mich weiter mit „Sie" angeredet. Später
haben die Polinnen uns beiden das „Du" angeboten. Darauf wurde mit Wein angestoßen. Etwa ab Mitternacht
hat Kathrin auch mir gegenüber das „Du" verwendet. In
der Zeit war ihre Vertrautheit schon gepaart mit Mitleid.
Magda und Beata sind in ihrer Art für mich neu und
ziemlich anstrengend. Diese Mischung aus Höflichkeit, un-
gewohntem Selbstbewusstsein und betonter Weiblichkeit
triff mich zum ersten Mal in dieser Form und dabei noch
dreifach. Kathrin hatte das schnell erfasst und natürlich
übernommen, weiblicher Schulterschluss. Es wäre den Damen zum Beispiel gar nicht eingefallen, ihre Weingläser
selbst nachzufüllen oder mich darum zu bitten. Hatte eine
ihr Glas geleert, blickte sie höchstens pikiert, falls ich das
nicht nach kurzer Zeit bemerkte. Handelte ich dann immer noch nicht, reagierte sie mit Ratlosigkeit, ignorierte
schließlich mein Fehlverhalten und mich dazu. Kurz, sie
hatten mich gut im Griff. Mit entwaffnenden Fragesätzen
verbesserte außerdem Magda noch mein Deutsch. „Heißt
es nicht eigentlich ‚hi-naus'-gehen?" „Entschuldigung, was
ist heute am Nachmittag mit Sybille geschehen, wenn
sie ‚hingeflochen' ist?" Und: „Ist ‚numm-wie-rumm' eine Redewendung? Was bedeutet sie?" Dabei blickt sie
mich unter ihren Locken naiv und freundlich an. Diese
polnische Studentin spricht meine Muttersprache besser
als ich. Beata hört immer höflich zu, redet aber nur leise
mit Magda polnisch. Ich muss an den Operettenfilm vom
„Bettelstudenten" denken. Als Schüler sah ich ihn oft.
„Der Polin Reiz bleibt unerreicht." Diese Art „Frau" ist
für mich zumindest ungewohnt. Und das soll heute weiter-
gehen? Kathrin setzt sich nun doch neben mich. „Ich will
dir noch schnell erzählen", beginnt sie fröhlich, „wie pein-

lich das gestern war, als ich im Büro berichtet habe, dass mein Bett kaputt gegangen ist. Da war natürlich Stimmung. Ich wollte das gestern Abend nicht anbringen, als die beiden dabei waren." Sie lächelt mich an. Ich verstehe den Hintergrund nicht gleich und verwirre die junge Frau dadurch. Unsicherheit, sie schielt ein klein wenig. „Na, die haben …, weil …", sie weiß nicht weiter. „Weil was …?" frage ich Kathrin, doch nachdem ich den Satz begonnen habe, weiß ich die Antwort und das ist noch peinlicher. Kaputtes Bett? Die denken, dass wir in der ersten Nacht, ich mit diesem Mädchen, ein Kind fast noch, …? Ich sehe Kathrin an. Sie, noch immer mit dem nahen, fröhlichen Gesicht weiß, dass sie nicht antworten muss. „Ihr habt wohl keine richtigen Sorgen in euerm Büro?" „Ach, das ist doch bloß der Neid bei denen!" Wie versteh' ich das jetzt? Sie überlegt eine Weile. Korrigiert dann die Richtung. „Den ganzen Tag im Büro. – Eigentlich kommen wir gut miteinander aus. Das ist ein schönes Klima da. Ich glaube, Gisela hat uns schon so überlegt zusammengestellt. Es macht richtig Spaß, mit denen zu arbeiten." „Und, willst du dort alt werden?" Ich möchte das Thema wechseln. „Ich?" Sie zögert. „Nein. Ich will doch studieren. Zwei Jahre praktische Tätigkeit hier, jetzt delegiert der Kreis mich zum Studium. Erstens ist es besser, wenn man weiß, was einen später in der Praxis erwartet, wie es da wirklich aussieht. Zweitens wird es dadurch mit dem Stipendium anders." Sie bringt das alles sehr selbstsicher vor. „Und was studierst du dann?" Die Antwort kommt, als hätte ich etwas Albernes gefragt. „Kulturpolitik!" Ich wusste bisher nicht einmal, dass es dieses Studium gibt. Wieder entsteht eine Pause. „Ich glaube sogar, da muss man vorher in der Richtung gearbeitet haben." „Wo gibt es das?" „Das Studium? In Leipzig. Sicher auch noch wo anders. Berlin oder so." Stutzig stelle ich fest, dass ich das Mädchen immer sympathischer finde, den Lebensplan aber befremdlich.

Ich habe geringe Lust, in das Gebäude zu gehen. Sie riecht gut, diese junge Frau neben mir, auf dieser Bank vor dem Internat. Ein hellblauer Duft mit einem bisschen blassen Grün dazwischen, zarte Pastelltöne, leicht und nur aus einer bestimmten Nähe wahrzunehmen. Das fügt sich gut ein in das Bukett der Gerüche dieser Sommernacht. Und in diesem Moment weiß ich genau, dass sich dieser Duft in meinem Kopf festsetzen wird, wie so mancher Geruch, den ich unerwartet von irgendwo aufnehme, so übermäßig voll ist von Eindrücken oder beladen von Sehnsüchten. Schon immer sind in meinen Erinnerungen Düfte oft intensiver gespeichert als Bilder. Und ich bedauere in diesem Moment wieder einmal, dass man diese Wahrnehmungen nicht so aufbewahren und später hervorholen kann wie die optischen mit Fotografien und Filmen.

3 Im Bad

Am Freitag wird die Arbeit für die Schüler schon am Mittag beendet. Die letzten zwei Tage waren so heiß, dass es unangenehm war, sich im Freien nur aufzuhalten, körperliche Arbeit dazu war belastend. Erst recht, wenn man es nicht gewohnt ist. FREIBAD ist angesagt. Es wäre auch nicht weit. Wieder laufen wir in der langen Gruppe. Als Ziel stellt sich ein hübsches Waldbad heraus. Ein großes Wasserbecken, ein flacheres für die Kinder, Liegewiesen, teils im Schatten, eine kleine Gaststätte. Die Schüler brauchen mich hier bestimmt nicht, der Bademeister sitzt auf einer Art hölzernen Hochstuhls. Von dort beobachtet er dienstlich das Treiben wie ein Jäger aus seinem Ansitz. Seine ‚Waffe' ist allerdings nur eine Trillerpfeife. Die polnischen Betreuerinnen schlafen scheinbar auf ihren Decken im Schatten. Kathrin muss irgendetwas im Büro erledigen, als „Offizielle" ist heute eine Karla dabei. Sie hat uns den Weg gezeigt und alles mit dem Eintritt und dem Bademeister geregelt. Karla arbeitet wohl das Gleiche wie Kathrin. Sie ist kleiner, kräftig, und hat, im Gegensatz zu Kathrin eine ‚frauliche Figur'. Damit wirkt sie herrlich zufrieden. Ich spüre eine beruhigende Ausgeglichenheit. Schwarze Haare, ein rundes, freundliches Gesicht. Sie lächelt viel. Kurz, sie ist rundum sympathisch. Auch ich habe eine Decke vom Wohnheim mitgenommen, diese teile ich mit ihr, so gut es geht. Wir sitzen ein paar Meter vom Beckenrand entfernt auf der leicht ansteigenden Liegewiese, die Sonne brennt im Rücken.

„Soll ich dich eincremen?" Sie duzt mich einfach. Eine weitere Eigenschaft, die ich bei diesen Frauen prima finde: sie gehen gezielter vor, tänzeln nicht erst so herum, wie ihre „dünnen" Geschlechtsgenossinnen. Obwohl sie einen Badeanzug angezogen hatte, war Karla bisher nicht im Wasser. Sie hat sich eingerieben und kann sich denken, dass ich nicht einmal Creme dabei habe. Ich lehne ab. „Nein, danke." Eigentlich ist die Ablehnung blöd von mir. Ich vermute, dass die Jungen mich beobachten und solche Aktivitäten als zu große Intimität deuten könnten. Die Schüler freilich sind mit sich selbst beschäftigt. Offensichtlich wollen sie Mike überreden, mit einem „Seemannsköpper" in das flache Becken zu springen. „Los Mike, das schaffst du!" Die Mädchen haben Gelegenheit, ihre Badeanzüge und Bikinis zu präsentieren, soweit sie das nicht schon am Graben getan haben. Karla verfolgt meinen Blick. „Nette Jungen! Die haben bestimmt viel Unsinn im Kopf?" „Das kann ich dir sagen. Heute Nacht haben sie Mike, das ist der Lange, schlafend samt Bett auf den Flur getragen und mit Absperrband die Stelle markiert. Die hatten sogar ein paar Baustellenschilder aufgestellt. Ich möchte nicht wissen, wo sie die herhatten." „Kaminski hat sie im Amt gelobt." Wir schweigen eine Weile. „Wie kommt ihr voran an der Jugendherberge? Wie klappt das mit den polnischen Jugendlichen?" Selbst ihre Fragen senden Ruhe aus. „Meine Jungs brauchen, scheint es, niemanden sonst. Die beschäftigen sich mit sich selber. Die Mädchen haben sich mit den polnischen Mädels gut angefreundet. Guck mal, dort, die der Kleinen die Haare macht, das ist Karolina, eine von den polnischen Mädchen. Die sich frisieren lässt, ist Silke aus meiner Klasse." Wir beobachten gelöst die deutsch-polnische Jugend. Es sind nur wenig Einheimische im Bad. („Or, jetzt huh isch mei Bodhus vorgassen!" stöhnte ein Junge hinter uns, nachdem er angekommen war.) Die Nachmittagssonne hat noch viel Kraft. Ich hatte die Schüler ermahnt, sich vor der Strahlung zu schützen. „Du kommst gut mit

ihnen zurecht. Und die polnischen Jungen?" „Ich kenn
mal gerade ein paar Namen. Sie sind uns, zumindest mir
gegenüber sehr verschlossen. Es sind auch ganz andere
..." Ich suche vergeblich das passende Wort. „Gestern,
nach dem Abendbrot war ich noch schnell bei den ..., bei
Magda im Zimmer, etwas besprechen für heute Abend. Da
klopfte es. Sie sagte etwas auf Polnisch, sicherlich ‚Herein'
oder so. Zwei Jungen betraten das Zimmer, murmelten
ein paar Worte und senkten die Köpfe. Magda hat dann
die beiden zusammengestaucht! Jedenfalls klang das für
mich so. Das hättest du mal hören sollen. Ich weiß nicht,
was die gemacht hatten. Schlimm kann es nicht gewesen
sein, sonst hätte ich das ja bemerken müssen. Ich hätte
ihr den harten Ton gar nicht zugetraut. Danach haben
die Jungen ihr die Hand geküsst! Ehrlich, die haben noch
etwas gemurmelt und sich wieder verabschiedet, sind mit
gesenkten Köpfen rückwärts aus dem Zimmer. Und sie,
Magda, saß die ganze Zeit auf ihrem Bett und hat mit
den Beinen gebaumelt. Die sind anders als meine Jungen,
das sag ich dir." Ich muss dabei an meine ‚Erziehung' bei
den Abendveranstaltungen denken. Wieder langes Schweigen, ich genieße die Harmonie zwischen uns. „Bist du mit
eurem Aufenthalt, dem ‚Lager' und dem „Drumherum"
bisher zufrieden?" fragt sie und wendet mir ihr Gesicht
zu. Der direkte Blickkontakt irritiert mich, ihr Gesicht ist
beunruhigend nah. „Hast du viel Anteil daran?", antworte
ich unhöflich mit der Gegenfrage. Sie sieht mich nur weiter
genau an, geht nicht auf meine Frage ein. Eine unnötige
Stille entsteht, die meine Unruhe vergrößert. Ich versuche,
ein anderes Thema zu finden. „Ich habe eigentlich den ...,
wie heißt der jetzt, ... noch gar nicht gesehen. Der die
Arbeiten hier geplant hat. Frank, glaub ich, so ein großer
Mann, lockige Haare. Er war bei der Vorbesprechung vor

drei Wochen dabei. Auch am Graben hat er sich noch gar nicht sehen lassen." „Der Langner, Frank? Hat Kathrin das nicht erzählt? Der ist vorige Woche einfach so, am Vormittag, von seinem Schreibtischstuhl gekippt und war tot. Neununddreißig. Er hat eine Frau hinterlassen und zwei Söhne. Vierte und fünfte Klasse. Montag war die Trauerfeier." Ich sehe sie zutiefst erschreckt an. Die Fröhlichkeit ist auch aus ihrem Gesicht verschwunden. „Creme mich bitte ein, Karla!" Ich lege mich auf den Bauch. Das Gesicht ihr zugewandt, nah bei ihr. Sie riecht leicht verschwitzt, ein bisschen nach Vanille. Sympathisch, reizend. Karla bleibt ruhig neben mir sitzen. Wieder einmal ist etwas zu spät geschehen.

„Ich muss dann auch gehen. Nach Hause findet ihr doch alleine! Wir müssen den Abend noch vorbereiten. ‚Großer Bahnhof' heute bei Euch. Du weißt doch Bescheid? Ich denke, wenn ihr um Fünf hier losgeht, reicht das." Sie packt ein. „Bis dann!" „Ja, bis dann, Karla! Danke."

Als wir ankommen, wurde schon ganze Arbeit geleistet. Auf dem Platz vor dem Internat stehen die Tische aus dem Speiseraum, Stühle, weiße Tischdecken, Tischschmuck. An der Häuserwand entlang, unter den Fenstern ist eine Art Büfett vorbereitet. Getränkekästen stehen im Schatten. „Hallo. Alles gut? Kümmerst du dich mal um die Musik?" empfängt mich Karla, bevor ich sie loben kann. „Guten Abend. Das wird ja heute ganz feudal!" „Natürlich, heute kommt man doch von ‚ganz oben'!" „Herr Schneider, was is'n mit der Limo? Können wir die . . . ?" „Karla . . . ?" „Es ist genug da. Nehmt aber bitte die von drinnen. Diese ist außerdem kälter! In der Küche ist auch kalter Tee." Na ja. Sie hat es halt mal gesagt. Vergeblich allerdings. „Packt eure Badesachen aus!", rufe ich den Jungen nach.

Ich habe keine Ahnung, ob sie das zumindest noch gehört haben. Ich habe es halt auch wenigstens gesagt. Später werde ich daran erinnern müssen. Jetzt beherrscht sie nur der Wunsch nach trinkbarer Flüssigkeit. Ich weiß dabei selber nicht, wo ich die nassen Badesachen aufhängen könnte, suche mit den Augen das Terrain ab. Vor unserem Wohnheim wäre das heute nicht so passend. „Wo ist Kathrin?", rufe ich Karla zu. „Die hat doch heute eine Familienfeier. Ich glaube, ihr Papa hat Geburtstag. Muss wohl ein Runder sein. Gisela hat es genehmigt, trotz dem hier. Deswegen bin ich ja da." Sie sieht mich fragend an. Auch sie ist leicht geschminkt und riecht jetzt betörend nach Vanille. „Ah, ja! Nö. Ist schon gut." Während ich die Musik-Anlage aus dem Clubraum an das Fensterbrett stelle und die beiden Boxen nach draußen richte, denke ich darüber nach, was Karlas dunkle Augen fragen wollten.

Die Jungen sitzen schon am Tisch, als ich mit frisch gewaschenen Haaren und neuem Hemd wieder auf den Platz komme. Einige meiner Mädchen helfen Tabletts und Teller aus der Küche hertragen. Den Bemerkungen der Jungen nach, haben sie diese auch belegt und garniert. Auch sie sind schon festlich umgezogen. Sie haben Handtücher und Schürzen aus der Küche vor ihre ‚Abendgarderobe' gebunden. Wann haben die sich denn hergerichtet? „Franzi, bist du heute auf dem Kriegspfad? Auf welchen hast du es denn abgesehen? Dariusz?" Sven versucht den melancholischen Gesichtsausdruck des polnischen Jungen zu imitieren. Franzi lächelt nur, während sie beim Auftragen die Anordnung der Tabletts prüft: „Ihr seid doch doof!" Nach und nach füllen sich die Plätze um die Tafel. Auch die polnischen Mädchen haben sich heute besonders hübsch zurechtgemacht. Schleifchen, Spangen, Löckchen, Lidschatten. Die Jungen erscheinen meist in weißen Hemden. Der Vorbereitung nach kommt der Zentralvorstand der FDJ mit Eberhard Aurich persönlich an der Spitze. Prüfend betrachte ich die „Deutsche Delegation". Geht so. Ob ich noch eine ‚Stoffhose' statt der Jeans anziehe? Ich warte erst mal ab. Um acht Uhr bin ich dann doch umgezogen. Hose, Jackett. Krawatte, aber den Knoten nur lose am offenen Kragen. Schließlich ‚arbeite' ich hier. Jetzt kann der Festakt beginnen. Es lebe die deutsch-polnische Freundschaft. Es lebe die polnisch-deutsche Freundschaft.

4 Alkohol und Partei

„Guten Morgen, Herr Langschläfer, war es so toll gestern? Jetzt aber los!" Wer bin ich? Wie heiße ich? Was will diese junge Frau von mir? Mitten in der Nacht. Warum ist sie so laut? Langsam. Langsam. Ich bin in einem Bett. Gut. Im ‚Lager'. Ach, ja. In meinem Zimmer. Sehr gut. Ich habe mein Nachtzeug an. Ausgezeichnet. Alles in Ordnung so weit. Ich kann nicht schlucken, geschweige reden, alles ist ausgetrocknet. Furchtbar schlimm. Die Frau trampelt durch mein Zimmer, schließt das Fenster, zieht die Gardine vor. Alles mit einem furchtbaren Lärm. Mein Kopf. Schmerzen. Es strengt schon an, sie mit den Augen zu verfolgen.

Eine gewisse Kathrin. „Wie spät ist es denn?", will ich fragen. Mir entrinnen nur kehlige, unverständliche Laute. Die Zunge funktioniert nicht mehr. Ich bin beschädigt. Hilfe. Sie beugt sich über mich, schnuppert. Wahrscheinlich will sie meine Lebensfähigkeit prüfen. „Hast Du gestern alles allein trinken müssen? Du riechst so." Sie scheint verwirrt, nachdenklich. „In zwanzig Minuten fährt der Bus!" Wie ‚Bus'? Was ‚Zwanzig'? Langsam. Sonnabend. Bus. Die Erzgebirgsrundfahrt! .... Kaltes Wasser! Kaffee! Kaffee! Auf dem Weg in die Küche begegnen mir einige von meinen Jungen. Sie sind reisefertig, beobachten mich ganz normal, beachten mich kaum. Das ist schon mal ein gutes Zeichen. Offensichtlich habe ich mich gestern Abend nicht auffallend benommen. Ich steige als Letzter in den Reisebus. Kathrin hat den Fahrer aufgehalten und für mich den Platz neben ihrem reserviert. Der Busfahrer grinst mir zu, ich muss schlimm aussehen. Wirklich beunruhigt mich aber der Vanilleduft, der gelegentlich in meine Nase kommt und der Vanillegeschmack, der mir ab und an im Mund ist. Ich sehe mich prüfend um, ob alle von Meinen da sind. Auf einem der vorderen Plätze sitzt Grit aus der zehnten Klasse. Sie nickt mir beruhigend zu. Wieso nur können schon sechzehnjährige Mädchen mit einem Blick so viel Wissen und Beruhigung ausdrücken? Ich falle auf meinen Sitz, skeptisch von Kathrin beobachtet. „Wer war denn alles da, gestern Abend? Weißt du noch etwas?" „Jetzt werd mal nicht vorlaut, junge Frau!", pariere ich langsam, aber gutmütig. „Du verziehst dich zu Mami und Papi und ich muss hier alleine die Fahne hochhalten." „Nicht so laut. Apropos Fahne, willst du ein Pfeffi? Sprich heute lieber keinen direkt an." Sie gibt mir gleich die ganze kleine grüne Packung. „Hast du so etwas schon mal mitgemacht? Warst du bei so etwas schon einmal dabei?", stöhne ich. „Zuerst kam Gisela mit zwei Männern. Sie sind mit dem Auto vorgefahren worden. Danach kam die Bezirksleitung der FDJ aus Karl-Marx-Stadt. Der Kreisleiter FDJ, der ..." ‚mit der schönen Frau' kann ich gerade noch verschlucken. „Was ist an dem bloß dran? Findest Du den schön? Dann kamen noch die Kreisleitung der SED und zwei Vertreter aus der polnischen Botschaft in Berlin. Und alle haben eine Rede gehalten und dann das Glas erhoben ‚auf die deutsch-polnische Freundschaft¡ Oder auf die ‚polnisch-deutsche Freundschaft¡ Und darauf, dass wir hier alle so friedlich ...! Und auf die Jugend. Und jedes Mal einen Toast ... Ob die alle was einnehmen? Ich habe aufgepasst, die meisten Offiziellen haben kein ‚Hoch' ausgelassen. Wodka oder Kognak. Die müssen doch heute auch noch tot sein ..." Endlich ein Anflug von Mitleid in ihrem Blick. „Ich glaube, die nehmen was dagegen. Und die sind es gewohnt. Hattest Du nichts gegessen?" „Doch, von den Schnittchen. Die Mädchen hatten solche Häppchen gemacht. Waren wirklich lecker. Na ja, die richtige Basis zum scharfen Trinken war das natürlich nicht." „Das sieht man!" Ist das ein Lächeln in ihrem Gesicht? „Musstest Du auch reden?" „Fast. Gisela hat dann in ihrer Rede gesagt: ‚. . . und ich spreche im Namen der Deutschen Delegation. . . ‘ Die hatte Verständnis für mich!" „War das schon später?" „Höre ich da Spott? Du warst ja nicht da!" „Karla war doch da!" „Karla ist doch nicht du!", ich schüttle den Kopf. „Karla bist doch nicht du! . . . Du bist doch . . ." Jetzt habe ich mich ganz verlaufen. „Nein! Ich bin nicht Karla! Ich bin Kathrin!" Sie scheint ärgerlich. Das Lächeln ist verschwunden. Was ist jetzt wieder? Wieso rechtfertige ich mich eigentlich vor diesem Mädchen? „Das hättest du mal hören sollen. Die reden und reden und sagen dabei gar nichts. Und der Dolmetscher hat das noch übersetzt!" „Die machen so etwas doch den ganzen Tag!" Sie spricht mit dem Kopf zum Fenster, dreht das Gesicht dann doch langsam zu mir. „Und du willst das studieren?" Darauf wendet sie sich ganz ab und sieht nach draußen. Diskutieren scheint heute Morgen auch nicht meine Stärke zu sein. Ich hätte etwas zu trinken einpacken sollen. „Willst du eine Selters?" Sie sagt es zwar zu den Feldern draußen, macht mich aber doch sehr froh. Meine Kathrin hat an alles gedacht. Ich lehne mich zurück. Vom Bus aus, als Fahrgast, sieht man ganz andere Dinge am Straßenrand. Vertraute Wege werden zur neu erfahrbaren Gegend. Die Jungen hinter mir sind mal wieder mit Mike beschäftigt. „Mike, die Ewa will ein Bild von dir! Hast du eins mit?" „Jetzt nicht hier, im Bus! Hat sie das gesagt?", ziert er sich. „Ja, sie will es vergrößern. Ihr Onkel hätte eine Gespensterbahn in Polen." Wie denen auch immer wieder was Neues einfällt. „Eure Bilder hat sie wohl schon?" He, Mike, du machst dich! Ich grinse nach hinten und mache zu Mike eine entsprechende Geste.

Morgenröthe-Rautenkranz. Vom Sigmund sind nur Teile seiner Ausrüstung und eine MIG-21 zu betrachten. Die Sprungschanze in Klingenthal. Mittagessen. Im Musikinstrumentenmuseum in Markneukirchen bin ich wieder fit. Das Leben macht wieder Spaß, wenn die Welt nicht mehr so milchig aussieht und die Beine sich nicht mehr so weich anfühlen. Ein junger Mann führt uns durch die Ausstellung. Das wäre auch ein schöner Beruf für mich gewesen. Hier komme ich immer wieder gern her. Kathrin, sie hat heute eine schicke Jacke über dem T-Shirt, regelt alle Formalitäten souverän. Beim Kaffeetrinken in dem Café gleich beim Museum kann ich sie nur loben. „Das ist aber ein schöner Tag heute. Klappt auch alles ganz prima. Ein schönes Wochenende. Sogar die ‚Kinnings' scheinen zufrieden zu sein!" „Hab ich ja auch organisiert!" Wenn sie verlegen wird, fasst sie sich oft mit der linken Hand an den Hals unterm rechten Ohr, ein bisschen später an das Ohrläppchen. Dazu legt sie den Kopf ein wenig schräg und – sieht bezaubernd aus. Der Kaffee bewirkt wahre Wunder.

Auf der Heimfahrt dösen alle vor sich hin. Fast alle. „Bist du in der Partei?" Was soll das jetzt? Ich sitze wieder neben Kathrin, die Schüler hinter uns sind auffällig ruhig. Der Fahrer fährt routiniert in den Abend. Die Sonne kommt jetzt öfter von links, sie hat nur noch geringe Höhe. Ich kann Kathrins Gesicht nicht gut sehen.

Partei. Dieses junge Ding zwingt mich von der Sonnabend- Abend-Leichtigkeit auf den Bussitz, als Lehrer mit Schülern unterwegs, Leiter der Deutschen Delegation im Lager für Arbeit und Erholung. „Nein. Ich habe aber einen Aufnahmeantrag gestellt!", sage ich und möchte nicht, dass es entschuldigend klingt. Sie hat sich mit

40

dem Oberkörper ganz mir zugewandt, sieht mir in das gut ausgeleuchtete Gesicht. „Du weißt doch, wie das in der Volksbildung ist. Oder ... du weißt es wahrscheinlich nicht." Jetzt verteidige ich mich doch. Ich möchte, dass sie versteht. „Alle Schuljahre beginnen nach dem gleichen Schema. Jedes Jahr, in jeder Schule, im ganzen Land. Montag müssen alle Schulleiter und Parteisekretäre in die Kreisstadt zum Kreisschulrat. Da bekommen sie ‚die Linie'. Dienstag sitzen in der Schule der Direktor, der Stellvertreter und die Parteimitglieder zusammen, die Parteiversammlung aller ‚Genossen Lehrer'. Mittwoch ist dann ‚Pädagogischer Rat', die Hauptversammlung für alle Lehrer der Schule in dem Schuljahr. Und dann heißt es immer: ‚Kollegen, wir haben zu diesem Problem in der Parteigruppe gestern Folgendes beschlossen...'. Und dann kannst du nur noch die Hand heben, wenn abgestimmt oder etwas festgelegt werden muss. Solltest du einmal dagegen sein, bekommst du zu hören: ‚Lieber Kollege, du kannst die Zusammenhänge jetzt nicht verstehen. Wir haben gestern ausführlich in der Parteigruppe schon darüber diskutiert.' Und dann bist du draußen. Du hast gar keine Chance. Wenn du in der Schule auch nur Weniges verändern oder irgendwie auf die Arbeit Einfluss nehmen willst, geht es nur so, als Parteimitglied. Zumindest an unserer Schule." „Und du willst etwas verändern? Was denn? Was willst du anders machen?" Sie fragt mit dem Recht der Jugend. Und es klingt nach ehrlichem Interesse. Kathrins Legitimation ist die Vertrautheit der letzten Abende. „Ich will nicht die Partei von innen aufweichen oder so einen Blödsinn. Ich will mitreden dürfen, wenn noch nicht alles festgelegt und schon starr ist." „Kannst du das dann?" Sie ist knallhart. „Ein wenig besser kann ich das, hoffe ich. Ein bisschen mehr. Wahrscheinlich. Ja."

Es klingt nicht sehr überzeugend. Sie sieht mich an, als hätte ich ihr lange Geschichten versprochen. Die Erwartung in ihrem Gesicht trifft auf Unschlüssigkeit bei mir. Was soll ich hier im Bus berichten? („... und wir redeten und redeten Probleme...“)

„Das ist doch noch nicht so lange her, als du in der Schule warst, was soll ich dir denn jetzt erklären? Wie hast du das denn empfunden, mit der Partei?“ Ich gebe den Ball ab. „Ich weiß nicht genau, welche Lehrer von uns in der Partei waren. Der Stabü- Lehrer natürlich, sicher auch der Geschichtslehrer. Ja, der muss ja; er war der Parteisekretär der Schule. Der hatte von der ganzen Welt hier, von unserem Leben, die geringste Ahnung.“ Sie lacht trocken. „Bei dem hatte ich immer eine Eins.“

„Ich fürchte manchmal, je weiter oben, um so weniger Ahnung haben die!“ denke ich laut. Magda kommt nach vorn, ob wir mal eine Pause machen können, einem polnischen Mädchen ist schlecht. Die Busfahrt. Wir halten am Rand eines Wäldchens.

5 Sonnabend, Abend

Zurück im Lager, nach dem Abendbrot erkunden die Jungen eine Tour für eine Nachtwanderung. Sie wollen sich dazu an verschiedenen Stellen postieren und die vorbeikommende Gruppe erschrecken. „Wir nehmen die Trage vom Krankenzimmer und Mike muss sich hier vor den Eingang des Friedhofs legen. Mit weißem Tuch und so. Und unter das Bett legen wir den Rekorder mit der Schauer-Musik, mit der sie uns gestern geweckt haben!" „Hallo, hallo, das waren meine Lieblingslieder!" „Ja. Ja. Und ringsherum stellen wir Kerzen auf. Mike, du musst natürlich die Augen zumachen." Wenn sie bei der Wanderung so viel Spaß haben wie bei der Vorbereitung, wird es ein voller Erfolg.

Am späten Abend, auf der Bank, nimmt Kathrin das Thema wieder auf. „Denkst du wirklich, die ‚weiter Oben' haben keine Ahnung, was hier los ist?" „Ich weiß nicht. Ihr zum Beispiel. Die Kreisebene, ihr wisst doch, was hier passiert. Am Donnerstag, vorgestern, in dem Jugendclub, da in dem Neubaugebiet, mit denen hast du dich doch prima verstanden." „Da waren doch auch ehemalige Mitschüler dabei." „Oder ist das bei Euch auch wie in dem Witz mit den 2000 Schweinen?" Beata und Magda suchten uns offensichtlich schon. Eine hat ein leichtes Tuch umgelegt, die andere eine Strickjacke an, sie treten gerade vor die Baracke. „Ich erzähle gerade eine Geschichte von Plan-Schweinen. Ist das in Polen auch so?", rufe ich sie heran. Beate setzt sich neben mich, Magda bleibt erwartend stehen. „Wirst du einen Spaß erzählen?" Ich nicke in ihr fröhliches Lockengesicht. „Eine LPG hat 2000 Schweine." Ich warte, ob sie die Abkürzung LPG kennt. Sie nickt und zeigt damit, dass sie alles versteht. „Der Parteivorsitzende meldet 2500 Schweine an die Kreisleitung, das sieht besser aus. Der Kreisvorsitzende meldet 3000 an den Bezirk." „Warte bitte, das ist schwer, das sind zu viele Zahlen, das kann ich mir nicht merken!", unterbricht mich Magda fröhlich. Dann übersetzt sie für Beata. Wir haben uns schon so daran gewöhnt, dass ich manchmal beim Sprechen eine Pause mache, auch wenn sie gar nicht in der Nähe ist. „Also: der Bezirksvorsitzende meldet 4000 nach Berlin. In Berlin besieht man sich die Statistik, berechnet, dass 2000 Schweine für die Gegend langen müssten und man weist an, sofort 2000 Schweine für den Export abzuliefern." „...langen müssen...?", fragt Magda erst. „Ausreichen. Genügen. Genug sind." Sie übersetzt. Dann fragt sie nach: „Ist das denn bei euch auch so schlecht? Hier scheint doch alles ausreichend." Sie macht dabei eine entsprechende Geste. „Schlecht, nein, richtig schlecht geht es Keinem. Die Leute sagen, Dienstag gibt es „Dallas", Mittwoch „Denver" und Donnerstag Fleisch." Unüberlegt, die Wortspielerei, die Gäste werden das natürlich nicht verstehen, sie lächeln höflich. „Gibt es bei euch auch solche Witze?" „Natürlich. Ich kann aber keine... ‚Witze' erzählen. Durch das Übersetzen würde ich ... ‚ihn'?... ganz ... zerstören." Beata rückt an mich heran. Auf der anderen Seite spüre ich Kathrin. Saturday Night. „Soll ich dir einen Stuhl herausholen?", frage ich Magda. Sie steht vor uns und reagiert nicht. Natürlich soll ich. Was für eine überflüssige Frage! Außerdem kann ich dabei den Platz zwischen den anderen beiden Damen verlassen. Als ich mit dem Stuhl erscheine, habe ich vergeblich gehofft, Magda würde zwischen Kathrin und Beata sitzen. Die Frauen haben ihre Positionen nicht verändert.

44

„Wo warst du mit deinen Jungen heute Abend?" Magda sitzt uns jetzt gegenüber. „Oh, das soll eine Überraschung werden", hilft mir Kathrin aus, indem sie antwortet. Beata sagt etwas zu Magda. Ich sehe Magda gespannt an. „Sie sagt, es ist jetzt schade, dass die Schüler hier hinter uns in den Zimmern sind und wir leise sein müssen, wegen der Nachtruhe. Du hättest sonst wieder auf der Gitarre spielen können." Nur gut. Für drei so verschiedene Damen wäre es auch sehr schwer gewesen, geeignete Lieder zu finden. „Wollen wir heute Abend hier draußen bleiben?" Kathrin geht gut gelaunt und kommt mit drei gefüllten Weingläsern zurück. Sie geht ein zweites Mal und bringt mir eine Flasche Bier und ein Glas. „Du willst jetzt doch lieber ein Bier?" „Danke!" „Erstaunlicherweise ist noch genug da, von gestern!" Das galt mir. Man kann hoffentlich nicht sehen, wie ich rot werde. Die beiden Polinnen aber lächeln, haben offensichtlich die Spitze verstanden. „Is' ja gut! Ich schäme mich ja auch." Wofür eigentlich?

Warum tu ich mir das an? Warum sitze ich jetzt hier, in meinen Ferien? Mit achtzehn Schülern, für die ich verantwortlich bin, an einem Sonnabendabend. Und mit zwei reizenden polnischen Frauen, die ich allerdings nach diesen Wochen nie wieder sehen werde. Warum will ich mich vor einer Zwanzigjährigen rechtfertigen? „Was ist es für ein schöner Sommerabend!" Die junge polnische Studentin rückt ihren Stuhl so, dass sie auch den Sternenhimmel sehen kann. „Es war überhaupt ein schöner Tag!" Magda hätte nicht unbedingt Beatas Ergänzung übersetzen müssen, wir hatten es auch so verstanden. „Das freut mich." Kathrin nimmt zufrieden einen großen Schluck. „Es wurde dann doch noch ein schöner Tag!", sagt sie gedehnt, aber zufrieden. Sie lehnt sich ein wenig stärker gegen mich.

„Ach, hole doch bitte die Gitarre! Morgen ist doch Sonntag!" Wir hatten im Lagerraum eine Gitarre gefunden, zerschrammt, aber nicht verzogen. Nach dem dritten, vierten Stimmen wehrte sie sich kaum noch und hielt die Saiten in der richtigen Spannung. Ich bringe sie aus meinem Zimmer, stimme etwas nach. Ja, was spielen?

Demmler:
Leipzig, Bahnhofshalle West,
sitzt auf einer Bank alleine
eine rot-verwischte Kleine
und spielt Mundharmonika...

Das Liedchen hat ein feines zartes Vorspiel. Ich mag diese mit Poesie prall gefüllten Lieder des Arztes. „Wie, wenn dein Kater kein Kater wär, liefe dir fort, und du liefst hinterher..." gleich noch danach.

„Ist das von dir?" Kathrin. „Nein, leider fallen mir so schöne Bilder nicht ein. Nein. Die sind von Kurt Demmler." Sie kennt ihn nicht. Und wie schon so oft frage ich mich, warum solche schönen Verse nicht in einem Lesebuch für Schüler zu finden sind?! Ich habe gelesen, Reinhard Mey würde in einem, wenn auch französischen, Schulbuch stehen. „Kurt Demmler, das ist unser Reinhard Mey, unser Leonard Cohen, obwohl er das wohl gar nicht sein will. Ich habe deutsche Texte lieber, da verstehe ich die Sätze, die Wortspiele. Ich kann die Tiefen ausloten. Fast jeder zweite von den guten Texten unserer Rock-Gruppen ist von Kurt Demmler." Das Letzte hab ich mehr zu Kathrin gesagt, das mit Cohen zu den anderen beiden Damen, weil ich nicht sicher bin, ob man in Polen Reinhard Mey kennt. „Oh, du kennst Cohen?" Magda ist ehrlich überrascht, sie freut sich. Sie erzählt, dass sie in Polen bei einem seiner Konzerte war und ihn danach sogar hinter der Bühne getroffen hat. Jetzt muss ich zeigen, dass ich Cohen kenne. Mein Problem ist halt nur, dass die Lieder wohl wunderschön, aber in Englisch gesungen sind. Zwar habe ich habe mir „Bird On The Wire" mit Umlauten vom Tonband abgeschrieben, aber ich weiß nicht, ob es richtig ist, schon gar nicht weiß ich, was die Lautmalereien bedeuten. Höchstens die Titelzeile und einige Wendungen. „Leik a börd on te weijer, leik a tronk in te midneidtschei-jer ..." Magda singt zum Glück nach der ersten Zeile mit. Sie kann natürlich den englischen Text. Ihre schö-ne, warme Stimme, fast ein Alt, harmoniert gut mit der Gitarre. Ich lasse sie allein singen und kann mich ganz auf die Begleitung konzentrieren. Spätestens nach „If I, if I have been unkind ,.." ist das bei meiner fehlenden Gitarrenroutine auch dringend notwendig. Zu A, E und D, also relativ einfachen Griffen, kommt jetzt Hm. („I hope that you can ...") Sie will unbedingt noch ein anderes Lied singen. Ich kenne es nicht.

Wir einigen uns stattdessen auf „Suzanne".

„Suzanne takes you down to her place near
the river ... "

Irgendwo hatte ich einmal eine Übersetzung gelesen.

„And you want to travel with her
And you want to travel blind
And you know that you can trust her
For she's touched your perfect body with her
mind"

Beata steht ruckartig auf. Ihr ist kalt, sagt sie. Sie saß an meiner rechten Seite. Ich konnte entweder die Gitarre richtig halten oder die Nähe zu ihr. Schade, ich hätte in dieser Stimmung hier ewig bleiben können. Gehen wir eben zu Bett. Der Uhrzeit nach ist schon Sonntag. Gute Nacht, Magda. Gute Nacht, Beata. Gute Nacht, Kathrin.

Allein laufe ich später noch einmal um die Baracke. Bei den Schülern scheint alles ruhig. Die polnischen Frauen flüstern noch. Sie haben die Vorhänge zugezogen und ihr Fenster gekippt. Kathrins Fenster ist auf der anderen Seite, man bräuchte es nur aufdrücken, es ist einen Spalt offen. Die Angst, mich lächerlich zu machen, wenn ich es tun würde, ist größer als die Verlockung. Sie hört mich mit Sicherheit, regt sich nicht. Das Lied geht mir nicht mehr aus dem Kopf.

> *„Now Suzanne takes your hand*
> *and she leads you to the river ...*
> *... and she shows you where to look.“*

Ich laufe weiter. Ein anderes vertrautes Lied von Jürgen Walter schleicht in mein Ohr: „Wär' mir doch alles ganz egal. Die Nacht ist warm und weich wie du ... “ Wie lang ist es her, dass sich eine Frau an mich gedrückt hat? Warme, unsicher tastende Hände auf meiner Haut? „... der Teufel lacht, dies eine Mal, und was gehört denn schon dazu ... “

Hoffentlich hat Kathrin mein Zögern vor ihrem Fenster nicht bemerkt. Ich meine noch immer die Berührung mit ihrer Haut auf meinem linken Arm zu spüren. Mit Magda, mir gegenüber, habe ich musiziert, rechts suchte Beata Wärme und Nähe und ich fühlte gleichzeitig eine Einigkeit mit Kathrin, die sich links an mich anlehnte, soweit es die Bewegung meines Armes zuließ. Typischer Lagerkoller. Gefühle, durch die erzwungene Nähe gefördert.

Ich gehe in mein Bett. Das Fenster lasse ich ganz weit offen. „Come over to the window, my little darling ..." Im Einschlafen summe ich Cohenlieder. Sommernachtsphantasien! Ob sie einen Freund hat? Im Bett schlummert noch eine leichte Erinnerung an Vanille. Was ist das wieder für eine seltsame Geschichte? Wie kommt der Duft in mein Bett. Und, warum hängt keine Erinnerung daran?

6   Die Mauer, Kerzenlicht

„Magda und Beata kommen heute nicht. Sie wollen Briefe schreiben und den Abschlussabend weiter vorbereiten. Haben sie jedenfalls gesagt." „Sie fehlen mir heute nicht!" sagt Kathrin zufrieden, streckt sich, setzt sich danach zu mir auf die Bank und lehnt sich an mich. „Wie war's?" Wir, die deutschen Schüler und ich, waren im Kino. Jetzt ist es schon fast um Elf, meine „Lieben" machen sich für die Nacht fertig. Aus dem Jungenwaschraum hört man lautstark die Auswertung des Filmes und Reflexionen dazu. Es war kein cineastischer Höhepunkt, schon nächste Woche wird der Streifen vergessen sein. „Na ja, wir haben gelacht. Die ‚Kinners' waren ganz zufrieden." Obwohl ich seit Jahren nicht mehr rauche, genieße ich den Tabakgeruch ihrer Zigarette, wie an jedem Abend im Freien. „Hör' mal", wechsle ich nach einer Weile das Thema, „die Jungen sind heute Vormittag beim Ausschachten auf etwas Besonderes gestoßen. Quer zu unserem Graben war plötzlich eine Mauer in der Erde. Oben im Wald. Feldsteine ordentlich aufeinander geschichtet, fast einen halben Meter breit. Das kann kein Zufall gewesen sein. Es war ein richtiges Bauwerk. Die Krone, ordentlich abgekantet, endete nur wenige Zentimeter unter der Erde. Die Jungs haben sich dann aus der Küche kleine Löffel geholt und damit und mit kleinen Stöckchen das Ding ganz sauber freigelegt. Sogar einen kleinen Handfeger hatten die dabei. Ein Archäologe hätte seine wahre Freude gehabt. Natürlich haben die dadurch sonst nichts geschafft, es ging also an der eigentlichen Arbeit nicht richtig voran. Stattdessen haben die jungen Forscher noch nach links und rechts weiter gegraben und gekratzt. Der Bau sah aber aus wie der Teil einer alten, vergessenen Mauer um das Waldhaus,

50

oder was früher dort stand." „Warum habt ihr niemanden geholt? Archäologen, Denkmalsbehörde? Oder mich angerufen?" „Warte mal ab. Dann hat, das glaubst du jetzt nicht, während wir Mittagessen waren, der Herbergsleiter mit einer Spitzhacke das ganze Bauwerk zerschlagen und aus dem Graben geschaufelt. Mittlerweile sind doch die Mädchen mit dem Waldhaus soweit, dass wir jetzt dort schon immer Mittagessen einnehmen können." „Der Kaminski? Im Ernst?" Sie ist genauso überrascht und aufgeregt, wie ich es am Tag war. „Ja. Stell dir das vor! Ich weiß aber gar nicht, ich traue ihm fast nicht zu, dass er das in der Zeit alleine geschafft hat." „Und wie hat er das begründet? Was hat er gesagt?" „Mist. Quatsch. Mauer! Dummheit. Hält uns nur auf!" Wir sollen mit dem Graben weitermachen. „Nicht dein Ernst?" Sie schüttelt sich. „Doch. Ehrlich." Der Abend ist heute kühl. „Gehen wir rein?" „Ja, gleich. Erzähl' doch erst mal." „Mehr war nicht. Weg, die Mauer. Die Jungens waren ganz schön auf Prass. Die wollten gegen Kaminski losgehen. Na klar, angenommen, das ist eine echte, alte Mauer und die Denkmalbehörde hätte auch so etwas vermutet, dadurch wäre es aus mit unserer Arbeit gewesen. Wir wären bis zum nächsten Dienstag mit unserem Graben niemals fertig geworden!" „Schon, aber, deshalb kann der doch nicht ... Ich muss mal morgen sehen, was ich da machen kann... " Sie schweigt eine Weile. Zu den dünnen blauen Hosen trägt sie nur ein T-Shirt, es schüttelt sie wieder: „Mir ist kalt. Setzten wir zwei uns in den Clubraum?" Es ist nur der Syntax nach eine Frage. Sie steht auf, drückt die Zigarette in dem gusseisernen Aschenbecher neben der Tür aus.

Ich sehe nach meinen zwei Hemden. Am Nachmittag, bevor wir gegangen sind, habe ich im Waschbecken Handwäsche erledigt. In den Zimmern beruhigt sich nun doch der Alltag. Was habe ich nur für artige Schüler! Kathrin wartet schon im Clubraum an dem kleinen Tisch, vorn bei der Tür. Man kann von dort den Flur gut einsehen. Sie hat eine Kerze angezündet, ein voller Weinkelch, eine Biertulpe und einen Wiesenblumenstrauß in einem Wasserglas stehen auf dem Tisch. „Was könnte das gewesen sein, die Mauer?" „Ich weiß es nicht!", antworte ich. Man müsste zuerst herausbekommen, ob dort früher schon etwas stand. Und was. Ich kenne mich in der Region überhaupt nicht aus." „Na, ich seh' mal morgen, was ich erfahren kann!" Kathrin spielt mit einem Streichholz an der Kerze herum, die Flamme will nicht recht aufleuchten. „Lass ihr Zeit, es wird schon", sage ich leise. „Ja, Herr Lehrer!" sie lächelt und macht weiter. „Gohgel nich!" ermahne ich in strengerem Ton. Sie prustet in die Flamme, die jetzt fast erstickt. „Gut, dass Magda nicht da ist!" Seit uns die Studentin auf solche Worte aufmerksam macht, benutzen wir den heimatlichen Dialekt oft absichtlich und mit viel Freude. Magda schreibt sich dann begeistert diese Blüten unter dem Stichwort „Volksmund" auf. Schon die Überschrift ist eine liebenswerte Vokabel. Ich bezweifle, dass ihr dieser Enthusiasmus irgendwann einmal etwas nützen wird. Aber schon beim schriftlichen Fixieren haben wir großen Spaß. Meist streiten Kathrin und ich vorher um die Aussprache oder Schreibweise. ‚Horschemah¡ steht dort und ‚ä Schälchen Heehsen' oder ‚Gwasselkobb, bleeder' und ‚hinfliechn'.

„Du wolltest noch über Christa Wolf reden!", schlägt Kathrin ein Thema vor. Sinnloserweise hatte ich, optimistisch, Bücher hierher mitgenommen. Ich räume sie jetzt in meinem Zimmer von einem Platz zum andern. Christa Wolf. Kathrin spielt immer noch mit der Kerze, sie hat dem flüssigen Wachs eine kleine Rinne gedrückt, die Flamme lebt hell auf, strahlt ihr Gesicht an. Der Lichtschein funkelt aus ihren Augen zurück. In diesem Licht erscheint alles sehr weich und intim, Urinstinkte weckend. Und ich soll jetzt ernsthaft über Christa Wolf referieren. Mädchen!

„Na, das ist …“, beginne ich unkonzentriert, denn ich muss ihr Gesicht betrachten, das Profil. „Ich kann das ‚mit den Worten und Sätzen‘ nicht richtig …, diese Kunst …, also, nur an der Malerei …, das …“ Ich finde einen Ausweg: „Kennst du die Geschichte mit dem Maler und dem Hahn?“ Große Augen sehen mich mit Erwartung an. Das verbessert meine Situation auch nicht gerade. Unter beiden Aspekten nicht. Ich würde gern die Gitarre holen:

> ‚… und wir redeten und redeten
> und zerredeten das rosa Licht,
> und das Parfüm, das du so selten nimmst
> und sahen uns nur an.‘

Ein wunderschönes Lied in Text und Melodie. Es wurde selten gespielt und ist wohl nie auf käuflichem Tonträgern erschien, weil der Michael Thilo vorher die Republik verlassen hatte. „Also“, ich versuche mich zu sammeln, „ein Mann hatte bei einem bekannten Maler ein Bild bestellt, einen hübschen, bunten Hahn. Er fragt immer mal nach, mahnt gelegentlich. Nach einem Jahr besucht er den Meister in seiner Werkstatt. Er fragt nach seinem Bild. Der Maler geht in einen Nebenraum und zeichnet in einer knappen Stunde ein wunderschönes Bild von einem Hahn. Stolz übergibt er das Bild und fordert einen sehr hohen

Geldbetrag. Der Kunde ist entrüstet, ‚erst so lange warten müssen, dann in nicht mal einer Stunde‘, und jetzt auch noch so viel Geld. Darauf zeigt ihm der Maler unzählige Skizzen und Zeichnungen von Hähnen. ‚Was der Kunde glaubt, wie lange er hätte probieren und üben müssen, bis ihm ein solcher Hahn gelingen konnte.‘ Verstehst du mich? Wenn ich ein Pferd malen würde, wären alle überrascht, was ich für putzige Hunde malte. Und so ein Begnadeter geht eben hin und malt Pferde!“

„Ich denk, einen Hahn!?“ „Ach, Mann, hörst du überhaupt zu?“ Sie sieht von Kerzenflamme auf und mir in aller Unschuld in die Augen. „Natürlich!“ Warum nur erzähle ich jetzt, hier, alte chinesische Weisheiten? Mit diesem Mädchen neben mir in dem warmen, graubraunen Licht? Mit Mühe finde ich zurück. „Und die Christa Wolf ist eine solche Künstlerin in unserer Literatur. Wir reden zwar auch in Worten derselben Sprache, sie kann aber Sätze setzen. Und die stehen dann auf dem Papier und haben nur diese einzige bezweckte Aussage. Und man konnte diesen Zusammenhang nur so formulieren. Oder ein anderer Satz bedeutet gerade das nicht, was die einzelnen Worte aussagen, denn in dieser Reihenfolge entsteht genau die Umkehrung der Aussage. Das Buch ‚Kein Ort. Nirgends‘ ist mir ein Musterbeispiel des Umgangs mit der deutschen Sprache in der DDR. Wenn ich im Deutschunterricht etwas zu sagen hätte, wäre das Buch Pflichtlektüre.

Spätestens in der elften Klasse. Ein schmaler Band. Voll mit Aussagen, Weisheiten und Kerngedanken. Randgefüllt mit Sätzen, die eine zweite, höhere Bedeutung haben, als die Zerrissenheit der Karoline von Günderrode zu zeigen. Von dieser handelt es vordergründig und von Kleist. Es zeigt aber die Befindlichkeit der Leute hier. Ich glaube aber auch, ein Leser im Ruhrgebiet zum Beispiel, kann die Doppeldeutigkeit und Tiefe gar nicht erfassen. Soll ich es mal schnell holen? Ich hab viele Stellen angestrichen." „Nein! Bleib' hier!", sagt sie ruhig, aber in großer Bestimmtheit. Ich bin jetzt aber so im Eifer (einmal Lehrer, immer Lehrer!), dass ich versuche, aus dem Gedächtnis zu rezitieren: „Soll der Staat meine Ansprüche an ihn, soll er mich verwerfen. Wenn er mich nur überzeugen könnte, dass er dem Bauer, dem Kaufmann gerecht wird; dass er uns nicht ewig zwingt, unsere höheren Zwecke seinem Interesse zu unterwerfen. Die Menge, heißt es ... Und vor allem: Was ihr wirklich zuträglich wäre, ist noch die Frage. Nur stellt sie niemand. Nicht in Preußen." Kathrin sieht nicht auf, den Blick weiter in die lange Flamme gerichtet, die sich ganz leicht bewegt. Ich suche weitere Beispiele: „‚Es gibt diese Tage, die kein Ende finden.' Und: ‚Wir taugen nicht zu dem, wonach wir uns sehnen.'" Sie dreht das Gesicht ein wenig in meine Richtung. Ihre Lippen wiederholen lautlos den Satz. Wie ein Stern blitzt ein Licht in den Augenwinkeln. Hat sie gar Tränen? Ich will nicht weiter zitieren. Von den Gedanken, die sich im häufigen Gebrauch abnutzen. ‚Dass er schier Unmögliches für wünschbar ausgibt, dadurch für machbar.' „Leihst du mir das Buch einmal, morgen?" Zu schnell sage ich, erfreut, ja. Bedenke erst danach, dass sie dann ja auch meine Anstreichungen und Hervorhebungen sieht. Wir beobachten schweigend das Verbrennen des Wachses. „Was ist das mit dem Staat? Ich denke, du willst auch in die Partei?" Sie spricht leise.

Das jetzt auch noch? Heute Abend? Nein. Ich werde ungeduldig: „Ach, Kathrin!" Wieder dieser direkte Blick aus den dunklen Augen, die Kerzenflamme und damit die Stimmung widerspiegelnd: „Ja." Sie sagt nur „Ja" in die nächtliche Stille. Würde sie jetzt aufstehen und irgendwohin gehen, ich würde ihr nachlaufen.

Was soll ich jetzt? Vom Bruttosozialprodukt erzählen? Einen Wirtschaftsvortrag halten? Ich hätte schon große Lust, mit ihr darüber zu reden. Alle diese Worte, die mit -ieren enden und in keiner längeren Parteirede fehlen. Diskutieren, Argumentieren, Agitieren. Aber nicht jetzt. Nicht heute Abend, beim Kerzenlicht, zu zweit. Sie riecht wieder so gut hellblau mit einer leichten Ahnung von Grün. Mir scheinen auch wieder einzelne Streifen trockenes Gelb dazwischen zu schwingen. (Und wir redeten und redeten und zerredeten das rosa Licht ...)

„Und?" „Ich will nicht!" „Was? Warum? Bitte." Wieder dieser naive Tonfall. „Na" ich werde ein wenig ärger-lich, „das musst du doch auch schon überlegt haben. Die Post zum Beispiel." Jetzt fange ich doch an. „Du kannst einen Brief unten an der Ecke einwerfen. Da kommt dann einer mit 'nem Trabant, leert den Kasten, entleert alle Kästen der Gegend, fährt in das Postamt. Ein anderer sortiert nach Bezirken, kontrolliert, stempelt. Die Briefe und Karten werden in Säcke verladen, durch die Republik gefahren. Wieder aufgemacht, sortiert, nach, was weiß ich, Rügen geschickt, wieder verpackt. Dort nimmt es eine freundliche Postfrau und fährt deinen Brief mit dem Rad in die letzte Fischerkate. Und das alles für zwanzig Pfennige! Das kann sich nicht rechnen. Das ist doch falsch. Oder nimm das Brot: da muss das Feld bestellt werden, Körner ausge-sät, Pflanzen gepflegt, geerntet, Getreide in die Mühle gefahren, gemahlen werden. Das Mehl muss zum Bäcker, mit Zutaten Brot im geheizten Ofen gebacken, von der Verkäuferin herübergereicht, in einem Laden, der Miete kostet. Und danach ist das Produkt, das Brot, billiger als dieselbe Menge Mehl? Das kann doch nicht stimmen.

Das kann doch nicht gut gehen. Bei mir zu Hause, beim Bäcker, kauft einer immer drei große Brote auf einmal, die steckt er, vor der Tür freilich, in einen alten Rucksack. Weißt du, was der macht? Der verfüttert das Brot! Das kommt ihm billiger als sein übliches Futter!" „Ja. Aber. Das ist doch so, weil es viele gibt, die bekommen nicht so viel Geld wie du. Meine Oma, die hat nur knapp 300 Mark Rente!" „Aber man könnte doch einfach die Rente etwas anheben! Nur um genau so viel, was das Brot wirklich kosten müsste!" „Und die Briefmarken!" „Ja. Und die Briefmarken. Ach, ich weiß schon, dass das jetzt nicht die besten, wichtigsten Beispiele waren, ich wollte dir doch nur zeigen, dass vieles nicht stimmt und auf Dauer nicht funktionieren kann!" Ich bin ärgerlich über meine Unzulänglichkeit: triviale Beispiele, ungenügende Argumente. Sinnloser Eifer zur falschen Zeit. Wie weit kann ich gehen, vor ihr? Welchen Sinn soll es überhaupt haben? Sätze, vor mir selbst nie bis zum Ende gedacht. Gefühle eher, nicht ausreichend diskutiert mit Gleichen. Mit wem sollte ich auch? In der Schule vielleicht? Stefan interessiert sich nicht dafür, er ist mit allem unzufrieden. Viele wollen solche Gedanken gar nicht hören. „Na, Kollege, du musst einmal deinen Standpunkt überprüfen, die Nähe zur arbeitenden Klasse!" „Wir haben dir doch schon oft gesagt, Kollege Schneider, du weißt zwar sicher viel, aber du musst nicht alles diskutieren! Schon gar nicht mit den Schülern!"

„Von Bofinger gibt es eine Zeichnung," erzähle ich, wieder ruhiger: „darauf macht ein Gartenzwerg am Fließband lauter kleine Gartenzwerge. Und darunter steht der Satz vom Altmeister: Hier sitze ich und schaffe Menschen nach meinem Bilde. Oder so. Diese Karikatur hatte ich im Lehrerzimmer an die Wand gehängt. Sie hing dort keine Stunde. In der nächsten Pause war sie verschwunden. Irgendjemand anderes fand das wohl nicht so lustig! ,Mensch, Schneider, was könnten wir erreichen, wenn wir so einen Kontakt zu den Schülern hätten wie du¡ heißt das dann. Und die verstehen überhaupt nichts!" „Und wieso bist du anders?" „Ich bin nicht anders. Ich weiß nicht. Ich denke, die Kinder . . . , die Schüler merken genau, ob einer nur auf Arbeit kommt, weil es halt sein Job ist und es Geld dafür gibt oder ob er wegen ihnen kommt. Ich habe eben Glück. Ich mache das gern. Viele Kollegen halten ihre Stunden, also die . . . vierzehnte Stunde der zweiten Einheit, egal welche Klasse, Tageszeit oder Situation. Die ist eben dran. „So haben bei uns in der Penne aber fast alle gearbeitet!" unterbricht sie meinen Eifer. „Einer, Schmilz, unser Physiklehrer, hatte immer so kleine Karteikärtchen für seine Stunden. Da haben die Jungen ihm mal vor der Stunde sein Karten geklaut; der musste die Stunde ausfallen lassen. Ehrlich!", erinnert sie sich ohne hörbare Emotionen. „Na ja. In der EOS ist es vielleicht auch noch anders . . .!?", werfe ich ein. „Vom Stoff her. Sicher. Aber in den Beziehungen zu den Schülern doch nicht. Da war kaum einer, den interessiert hätte, was bei uns läuft und ankommt von seinem Stoff. Die waren froh, wenn wir sie in Ruhe gelassen haben." Ich bemerke erstaunt, dass kein Ärger oder gar Verbitterung zu hören ist. „Schade, dass ich dich nicht als Lehrer hatte! Obwohl, das wäre . . . ", sie vollendet den Gedanken nicht, greift nach ihrem leeren Glas und erhebt sich. Ist Ironie in der Stimme?

Vorbei. Der Zauber der Stunde löst sich auf, weicht dem nüchternen Flurlicht. Die Magie eines Moments ist aufgehoben.

Tot gequatscht. ,Was-bin-ich-doch-für-ein-guter-Lehrer'-

Gelaber. ‚Hör' einmal, was ich weiß¡ Ich kenne das nur zu gut: freundliche Stimmung, jemand, der ruhig zuhört, Alkohol. Diese trügerische Selbstzufriedenheit. Was hatte es jetzt für einen Sinn, der jungen Frau einreden zu wollen, wie schlau und gut ich doch bin? Narziss ist wieder durchgebrochen.

Sie geht und füllt ihr Glas neu, für mich bringt sie eine neue Flasche mit. „Am 29. August werden wir vom Amt aus eine Abschlussfeier für die Ferienaktionen durchführen. Alle Beteiligten, natürlich ohne die polnischen und die tschechischen Teilnehmer vom anderen Lager. Du bist auch eingeladen. Ich glaube, im Kulturhaus. Wirst du kommen?" Sie sieht mich erwartungsvoll an. „Was soll ich da? Sitzen und klug reden? Mit euch trinken kann ich auch nichts, ich muss ja wieder nach Hause fahren." „Du kannst doch bei mir übernachten!", sie sagt es ganz leise, ohne Betonung, ganz so, als spräche sie mit der Kerze. Ich lache, nehme es als einen Scherz, den sie machen wollte. War es jetzt ihr Ernst? Eine Einladung? Wenn ja, wozu? Himmel, was wird das jetzt? Ich bin gut fünfzehn Jahre älter, als diese, zugegeben, begehrliche Weiblichkeit. Ich habe zwei Kinder, die nach der Scheidung bei mir wohnen und jetzt gerade bei der Oma sind. Sie ist jung, steht erst am Anfang, will studieren. Sie hat das Leben noch vor sich. Ich sehe Sitney Poitier als Thackeray vor mir, wie er sagt: „Die Welt wartet auf sie, Pamela."

„Was ist denn jetzt am Dienstag zur richtigen Abschlussfeier geplant?" „Wenn das Wetter durchhält, feiern wir wieder auf dem Hof. Alle Delegationen werden wieder kommen. Kreisleitung, Bezirksleitung. Botschaft. Wieder sehr hoch angebunden alles." Mir wird allein bei dem Gedanken an die letzte Feier wieder schlecht. „Ich werde diesmal auch dabei sein!" Kathrin sagt das sehr betont. „Dann kannst du ja auf mich aufpassen!", sage ich entschärfend. „Wenn du das willst." Sie sieht mich herausfordernd an, dann erscheint ein Lächeln: „Es wird auch eine Überraschung geben." Das Geheimnisvolle in ihrem Gesicht macht sie noch reizvoller. „Und was für eine, du sächsische Madonna?" Sie räkelt sich, strafft den Oberkörper, nimmt den Kopf zurück, drückt ihren Oberkörper vor: „Sie werden es zu gegebener Zeit erfahren! Man wird Ihnen Bescheid geben. Rechtzeitig. Das überlassen sie nur mir; es wird Ihnen dann seinerzeit das Nötige mitgeteilt werden." Hallo. Kennt die Kleine Tucholsky? Waren die Formulierungen Zufall? „Wie jetzt, Claire? ... ", versuche ich. Sie sieht mich erstaunt an. Eine nicht definierbare Pause, danach: „Lass dich überraschen! Gehen wir noch ein bisschen spazieren?" Sie sagt es und steht schon auf. „Ich war den ganzen Tag noch nicht draußen", entschuldigt sie den unerwarteten Vorschlag.

Sommerabendleichtigkeit wirft mit Sternengefunkel nach uns. Der Weg um das Lager ist schmal und holprig, plötzlich halten wir uns an der Hand als wäre dies selbstverständlich. „Wieso kommen wir beide so gut aus?" Sie fragt, als müsste ich eine einfache Antwort haben. „Ich weiß es nicht. Das Geheimnis ist noch nicht gelöst, warum gerade zwei bestimmte Menschen miteinander können und nicht andere. Der Geruch, Chemie oder die Physik?" „Physik? Na klar." „Nun, das Denken, mal als Beispiel, geht doch auch mit elektrischem Strom und magnetischen Feldern. Es gibt doch Lügendetektoren. Sie bestehen aus einer Art Tonköpfe, wie sie im Kassettenrecorder sind. Und diese messen doch irgendwas. Felder, außen am Kopf. Es könnte doch sein, dass sich so ein Feld auch ausbreitet und andere Gehirne es aufnehmen oder nicht? Wie ein Radio, das eine bestimmte Frequenz empfängt. Und andere Geräte empfangen das nicht." „Für einen Physiklehrer spinnst du aber ganz schön! Meinst, du könntest jetzt hier alles erzählen?" „Sein könnte es. Irgendwie funktioniert es ja offensichtlich!" Ich drücke dabei leicht ihre Hand. „Ja. Ja. Herr Schneider!", sagt sie, als müsste sie ein kleines Kind beruhigen. „Also, schlaf gut!" sage ich später auf dem Flur, während ich vor meinem Zimmer stehen bleibe. Sie sieht mir gerade in die Augen und sagt lächelnd, oder ist das Spott: „Danke. Du auch. Gute Nacht." Dann geht sie weiter zu ihrem Zimmer, am Ende des Ganges. Ich stehe in der offenen Tür und sehe der Situation nach, der Stimmung, die zerfließt, als Kathrin sich noch einmal umdreht. Wieso spüren Frauen das, wenn sie beobachtet werden, auch wenn sie uns den Rücken zuwenden?

„Wölfchen, soll ich morgen nun das Grüne oder das Weiße anziehen?" Sie kichert leise. Bis ich das verstanden und mich gesammelt habe, ist sie in ihrem Zimmer verschwunden. „Cläre?" „Ja, Wölfchen?"

7 Die Schule

2006 hatte Kurt Demmler noch nicht sein Leben beendet, Franz Bartzsch und Cäsar musizierten in dem Jahr zwar noch, aber Rosenstolz und Sportfreunde Stiller bestimmten die Charts. Christa Wolf schrieb Essays und Tagebücher. Die Illusionen der Wende waren dem Alltag gewichen.

Früh am Morgen riecht unsere Schule noch nach nichts, fast clean. Schon gar nicht nach Toiletten oder staubigem Wissen, wie die vielen anderen Bildungseinrichtungen dieser Gegend. Kein Wissensbunker, in dessen dunklen Fluren man vermeint, den Angstschweiß der vergangenen Schülergenerationen einatmen zu müssen und die belehrend vorgetragenen Merksätze und Ansichten von respektablen oder bornierten Lehrerpersönlichkeiten nachhallen zu hören. Es ist kein Zweckbau, hinter dessen Fensterfronten die Unbeteiligten erhabenes Wissen vermuten, ehemalige Schüler aber jedes Zimmer mit einer anderen Geschichte verbinden können. Die Erinnerung ist gnädig mit der Vergangenheit, die heiteren Begebenheiten werden in der Rückbesinnung mit den Jahren immer häufiger, bis sie die negativen ganz verdrängt haben.

Obwohl die Steine unserer Schule schon seit Jahrhunderten übereinanderstehen, spürt man zwischen diesen, dass hier erst seit wenigen Jahren unterrichtet wird. Greifbare Historie, aber keine verstaubte Schultradition der vergangenen Machtsysteme. Doch nicht nur die bauliche Substanz macht diese Einrichtung anders. Es sind die Schüler, die das Leben in ihr bestimmen, durch die gebotenen Profile und den Namen angezogen und Teile ihrer Jugend hier zurücklassen.

Dienstags beginne ich meinen Unterricht erst mit der dritten Stunde. Der erste Gang führt in das Lehrerzimmer, Pläne und die Aushänge lesen und meist Kopien anfertigen, das persönliche Fach kontrollieren, danach eine Treppe nach oben in den Flur B.

Vor der Tür des Vorbereitungsraumes „Physik" sitzt eine Schülerin auf dem Fußboden, den Körper zusammengezogen, die Arme um die Beine, den Kopf auf den Knien. Mit verweintem Gesicht sieht sie mir entgegen. Maria Lindner aus der zehnten Klasse. Die Morgensonne schafft durch die großen Fenster ein unpassendes Licht. Melanie hatte uns damals miteinander bekannt gemacht. „Herr Schneider, ich würde ihnen gern meine Schwester vorstellen. Das ist Maria. Sie kommt ab nächstes Jahr auch in dieses Gymnasium. Dann bleibt ihnen unsere Familie erhalten, wenn ich hier fertig bin." Melanie Lindner aus der zwölften Klasse strahlte mich an, sichtlich stolz auf ihre jüngere Schwester, die unsicher lächelte. Bei Melanie hatte ich damals Mathematik und Physik, das bedeutete sieben Stunden pro Woche. Der Kurs kannte mich also ernst und streng, nachlässig und müde. Und ich habe die Schüler eifrig und unaufmerksam, verschlafen und ungeduldig, freundlich und patzig erlebt. Wie sich Schüler und Lehrer eben kennen, nach fast vier intensiven Schuljahren. Ich legte damals meine Utensilien auf dem Fensterstock ab, es war fast dieselbe Stelle auf diesem Flur, und gab beiden Mädchen die Hand. Die jüngere Schwester war schlanker und größer als Melanie, sie wirkte introvertierter, was sicher mit der ungewohnten Umgebung zusammenhing. „Das ist also Herr Schneider", sagte Melanie überflüssigerweise. „Guten Tag, Melanie, guten Tag, Maria. In welche Klasse kommen Sie denn? In die Elf?" „Ach nein", stöhnte Melanie und verdrehte die

Augen, während Maria mich anstrahlte, „in die Neunte!"
Und zum Ärger ihrer Schwester fügte Melanie hinzu: „Sie
ist doch erst Vierzehn."

Das ist jetzt zwei Jahre her. Melanie war damals für
mich eine ‚Orientierungsschülerin'. Wenn ich eine Einheit
oder eine Stunde vorbereite, kann ich das, auch nach
den vielen Jahren nicht, für ‚den Kurs' oder ‚die Klasse'
allgemein. Ich stelle mir die Klasse, die Situation und
bestimmte Schüler vor. Wie die geplante Absicht für diese
wohl wirken wird. Wenn ich dabei die typischen Schüler
finde, gelingt die Umsetzung der Inhalte meist. Die Klasse
darf das natürlich nicht merken. So ein Hervorheben wäre
nicht gut. Nicht für den Kurs, nicht für den Schüler, auch
nicht für den Lehrer.

Warum sich nun gerade Maria an mich wendet? Ich
bin weder ihr Klassenlehrer, Vertrauenslehrer, noch der
Beratungslehrer.

Mit der einen Hand schließe ich den Vorbereitungsraum auf, in der anderen habe ich meine Schultasche.
„Guten Morgen. Maria. Willst Du zu mir? Möchtest Du
hereinkommen?" Sie erhebt sich, kommt zögerlich nach,
bleibt dann mitten im Zimmer abwartend stehen. Erst
jetzt wird mir bewusst, welche heikle Situation ich wieder geschaffen habe. Mehrere Kolleginnen und Kollegen
hätten entrüstet den Kopf geschüttelt, hätten sie uns beobachtet, allein mit einer Schülerin im Vorbereitungsraum.
Ich erwäge, die Tür offen zu lassen, es kommt mir doch
zu übertrieben vor. An der entgegengesetzten Seite des
schmalen Raumes ist eine Art Schreibtisch mit zwei Plätzen eingerichtet. Ich nehme eine Tasche vom Stuhl meines
Kollegen. „Setz dich bitte. Willst du auch einen Tee?"

In den Pausen muss ich meist Unterrichtsmaterial und Experimente zusammenstellen oder wegräumen, für einen Gang zum Lehrerzimmer reicht dann oft die Zeit nicht. Ein Wasserkocher steht deshalb auf dem breiten Fensterbrett, ich fülle ihn mit frischem Wasser. Es sind noch etwa fünfzehn Minuten Zeit bis zu meiner ersten Stunde. Ich wollte ein Experiment aufbauen. Maria antwortet nicht auf meine Frage nach der Teesorte, ich nehme Hibiskus und bereite zwei große Tassen vor, setze mich. Das Mädchen sieht zum Fenster hinaus. Als ich wieder aufstehen will, sagt sie schnell: „Ich höre auf." Ich schweige abwartend. „Die sind alle so . . . so . . . Ich kann nicht mehr. Die in meiner Klasse . . . , die Mädchen sind alle so anders . . . albern, so . . . kindisch. Mit denen kann man über nichts reden. Nicht über Bücher, nicht über . . . nicht Musik. Und was die erzählen, interessiert mich wieder überhaupt nicht. Es geht nur um Kerle und Anziehsachen und Fernsehsendungen. Die Jungen sind oft noch schlimmer!

Und im Internat wieder sind die Anderen. Üben und lernen. Lernen und üben, so . . . ernst und streng alle. Fast alle. So sicher und selbstbewusst." Maria hat ihre Hände um die Tasse gelegt, spricht ganz langsam, als müsste sie jedes Wort suchen und neu erfinden. Dabei fällt sie in diesen vogtländischen Singsang. „Gestern hat mich ‚der Becker' fertig gemacht, weil ich seine blöde Geographie nicht verstehe. Das interessiert mich aber auch alles überhaupt nicht. ‚Sedimentation' oder wie das heißt. Wir sollten eine ‚geomorphische Profilskizze' malen. Ich hätte ja mal eine Profilskizze von seinem unrasierten Kinn zeichnen können. Puh!" Ihre Sorgen kommen mir bekannt vor, das Gefühl ist mir vertraut. Ich glaube, ich verstehe sie. Ein Lächeln, das auf dem verweinten Mädchengesicht erscheint, erinnert mich an irgendetwas weit Zurückliegendes. Wie Roma-Musik oder Klezmer. Traurig und doch trotzig, niedergeschlagen und dabei stolz. „Wie, ‚aufhören'?", fragte ich in die Pause hinein. „Was willst du denn dann machen?" „Ich weiß doch nicht. Das ist aber auch egal. Letztes Jahr, die zwei Wochen Praktikum bei dem Fotografen, das war schön. Vielleicht nimmt der mich? Aber hier, ich kann nicht mehr. Und wenn das noch zweieinhalb Jahre so gehen soll ..." Sie schnieft, zieht die Nase hoch. Ich suche nach einem Zellstofftaschentuch. „Maria, die zehnte Klasse solltest du mindestens noch fertig machen." „Warum ist das denn so? Warum bin ich denn so anders als die anderen? Warum kann ich nicht auch so ... unbeschwert, sorgenlos sein?" Nach dem ‚so ...' machte sie eine hilflose Geste. „Die anderen sind einfach ... fröhlich." Ungeduldig kommen diese Sätze; sie hat ihre Tasse hart aufgestellt. „Maria", versuche ich einen Anfang, „du bist, wie du bist. Und das ist gut so. Alle Leute sind etwas anders. Manche reiben sich an der Gesellschaft, andere kuscheln sich darin ein. Einige bauen sich einen hohen Zaun um ihre eigene Welt, dass sie die andere nicht sehen müssen. Jeder arrangiert sich, irgendwie, einer leichter, der andere kaum. Und die, die sich nicht einrichten können in der Welt, oder sich dabei schwer tun, das müssen nicht die Bösen sein." Es sind unüberlegte, spontan formulierte Sätze. „Und was soll ich jetzt machen?" Sie weint nicht mehr, sieht aber verheult aus und es war auch kein Optimismus in ihrer Frage. Ich tauge offenbar gar nicht als Therapeut für Schulmädchensorgen. „Was sagen denn deine Eltern dazu?" Die Schülerin geht nicht auf meine Frage ein. „Hast du jetzt Unterricht?" versuche ich es erneut. „Englisch, Frau Kainzer." Sie flüstert es fast, mit Gleichgültigkeit liefert sie die Fakten.

„Und danach?" – „Mathe. Herr Köhler." „Maria." Wir
stehen uns jetzt gegenüber. „Mit Frau Kainzer, das kläre
ich. Du gehst dich jetzt besser frisch machen. So kannst
du schlecht herumlaufen. Die Pause beginnt erst in drei
oder vier Minuten. Dann gehst du bitte zu Mathem..."
„Ich versteh bei dem sowieso nichts!" unterbricht sie mich
ärgerlich. „Maria", ich bemühe mich, dass es mehr bit-
tend als anweisend klingt: „wenn du willst, komme in der
großen Pause wieder hierher. Mathematik kann ich dir
erklären, ich kann dich aber nicht freistellen. Und danach
müssen wir weiter sehen." Sie sieht gar nicht zufrieden
aus, wie sie langsam zur Tür bummelt. Ich würde ihr gern
noch etwas Aufmunterndes sagen, widerstehe aber der
Versuchung, sie beruhigend zu berühren. Als wir uns vor
den Weihnachtsferien die Hand gaben, sie war nach der
letzten Stunde in den leeren Fachraum gekommen, um mir
schöne Ferien zu wünschen, drehte Maria sich plötzlich,
meine Hand festhaltend, rechts unter meinen Arm ein.
Dadurch stand sie mit dem Rücken zu mir, lehnte sich an
und hielt meinen Arm vor ihrem Körper fest. So standen
wir eine Weile unbeweglich. Ich war damals erschrocken
über diese intime Geste. Froh, dass es keiner gesehen hat,
löste ich mich schnell von dem Mädchen. Skeptisch blickt
sie jetzt von der Tür noch einmal zurück, die Klinke schon
in der Hand. Ich nicke ihr zu. Sie geht auf den Flur hinaus.

Wie kann ich ihr helfen? Der Klassenleiter, Jürgen
Köhler, ist noch sehr jung. Wer aber bin ich, Wilfried
Schneider, denn auch zu ihr? Ich habe nicht einmal Unterricht in der Klasse von Maria und kenne ihre Mitschüler
auch nur aus zwei, drei Vertretungsstunden, die ich in
der Klasse zu halten hatte und vom Sehen auf dem Flur.
Erinnerungen an die eigene Schulzeit quellen Blubberbla-
sen gleich nach oben. Ich sehe mich auf einem Schulflur

stehen, damals ..., wie lang ist das jetzt her, dass ich als Schüler in die zehnte Klasse ging? Mehr als dreißig Jahre. Elisabeth und ich auf dem Schulflur der POS. Elisabeth hatte mich dort zu ihrem Geburtstag eingeladen. Es war ihr Sechzehnter. Grammwitz hatte mich des Raumes verwiesen, gleich zum Stundenbeginn nach der Meldung.

„Guten Morgen, Willi, hast du versucht, Witze zu erzählen?" Rainer Obert kommt in den Vorbereitungsraum. Er legt seine Geometriesachen ab und lässt sich auf seinen Stuhl fallen. Die Tafelzeichengeräte sind in vielen Räumen unvollständig, vorsichtshalber nimmt er stets seine eigenen mit. „Guten Morgen. Nein, wieso?" Ich verstehe die Anspielung nicht sofort. Rainer und ich sind mehr als nur Fachkollegen, wir sind befreundet. „Ach, wegen Maria Lindner. Hast du sie noch gesehen? Nein, die hat Sorgen. Sie will aufhören." „Aufhören? Hat sie so große Probleme mit der Schule? In Astronomie ist sie ganz gut! Bei wem ist sie? Köhler?" „Ja. Ich war so froh, als endlich mal ein junger Lehrer kam, aber der ist zu jung, glaub ich. Den interessiert nur seine Mathematik. Die Schüler haben zu lernen, zu verstehen und zu funktionieren." „Das hat mit seiner Jugend nichts zu tun und die Forderungen sind auch in Ordnung. Du siehst doch, dass es bei Nadja und beim Graupner auch geht. Aber, ich glaube, Jürgen Köhler ist ‚nur' Lehrer. Ihn interessieren die einzelnen Schüler nicht. Für ihn sind das Nummer „Drei" oder „Nummer Sechzehn".

„Letzte Woche, Montag, habe ich die Franziska Kändler gefragt, ob sie denn auch beim Schülerkonzert mitsingen würde. Sie hat mir geantwortet: „Hoffentlich kommt Herr Köhler auch mal, damit der sieht, dass ich nicht überall so doof bin¡" „Und?", ich suche eilig doch noch die Teile für meinen Versuch zusammen. „Na, hast du ihn dort gesehen?" Rainer beobachtet mich. „Das muss einem Lehrer doch auffallen, wenn die Klasse gleichmäßig einen Schnitt von 2,5 hat und bei ihm die beste Note eine Drei ist!" „Noch dazu, wenn es seine Klasse ist. Der denkt aber doch, er ist der Einzige, der real zensiert und wertet." „Das können wir jetzt nicht nachprüfen, aber im Schulgesetz steht immer noch Erziehung und Bildung. Erziehung zuerst. Und das ist auch seine Aufgabe. Nicht mit laschen Zensuren, aber indem er die Schüler sieht, die dahinter stehen. Und das hat mit Außenstelle, kurzen Wechseln und allen anderen Widrigkeiten nichts zu tun." Rainer Obert wirft den Rest seines Apfels in den Papierkorb. „Was willst du wegen der kleinen Lindnern machen?" „Phh. Ich weiß auch nicht. Sie kommt immer zu mir. Ich habe keine Ahnung, was sie mit mir hat. Ich hab gar keinen Unterricht bei ihr. Das hängt irgendwie noch mit der großen Schwester, Melanie, zusammen. Kannst du dich noch an diese erinnern? Melanie kam auch öfters zu mir, aber bei der hatte ich Mathematik und Physik. Wir haben dann am Ende, vor dem Abi, viel Mathematik geübt. Zum Abi-Ball war gerade irgendein Unfall in der Familie, deswegen waren die dann nicht dabei." Nach einer Weile beschließe ich: „Ich denke, ich muss erst mal mit ihren Eltern reden."

„Du?", fragt der Freund überrascht. Ich zucke die Schultern.

8 Der Anruf (1)

„Schneider. Guten Tag! ... Frau Lindner? Ja. Ich hatte Sie über ihre Tochter gebeten, mich einmal zurückzurufen. Sie wissen sicherlich, wer ich bin? Ich hatte bei Melanie Mathematik. Ich würde mich gern einmal mit Ihnen oder Ihrem Mann treffen.

Nein. Es ist wegen Maria.

Wie können wir das einmal einrichten? Haben Sie vielleicht manchmal hier in der Stadt zu tun, damit sie nicht extra ...

Nein ...

Doch. Donnerstags bin ich mittags fertig, wenn keine Vertretung anliegt ...

Ja. Kenne ich. Das passt gut, um 13.30 Uhr? ... Bis Donnerstag, dann. Auf Wiedersehen.“

Nachdenklich gebe ich der Schulsekretärin den Hörer über ihren Tisch zurück. „Danke, dass du mich gerufen hast. Kannst du bitte einmal nachsehen, wo diese Lindners wohnen und wie die Mutter mit Vornamen heißt?“ Ich habe so eine Ahnung. „Na klar, Moment!“ Sie langt von ihrem Sitz aus nach dem Ordner.“ Während sie darin blättert, erinnert sie sich: „Das ist so eine freundliche, ruhige Frau. Sie war ein paar Mal hier wegen den Fahranträgen. Eine Angestellte oder so etwas, zwei so nette Mädchen. Da war doch der Unfall damals. Hier: Klasse Zehn, Kleinmeier, Leistner, Lindner ...“ Es findet mich vorher. Ein gewaltiger Ton erschallt in meinem Kopf. So muss es sich anhören, wenn man unter der großen Glocke zum Sonntagsläuten steht. Plötzlich und endlich sehe ich, wie sich alles zusammenfügt. Puzzleteilchen, die ein Bild vollenden. Die Augen, die mich vertraut beobachteten, die Stimme, die Erinnerungen wecken wollte. Bewegungen, die mich an etwas zu erinnern suchten. Bei der großen Schwester waren es die Mimik und Gesten, bei der jüngeren die Stimme. Nur, dass ich nicht spürte, wozu die Eindrücke aufforderten, nicht das Wichtige sah, das Bedeutende heraushörte. Der undankbare Prinz, der nach dem langen Schlaf die Königstochter nicht mehr erkennt. Die Mädchen und ihre Mutter.

Die Schulsekretärin muss mir den Namen nicht mehr sagen: Kathrin Lindner. Geboren als Kathrin Kunert, nach dem Abitur im Nachbarkreis Mitarbeiterin im Rat des Kreises, Abteilung Kultur. Danach Studium. Wir trafen uns nach der gemeinsamen Arbeit im „Lager für Arbeit und Erholung" noch einige Male. Manchmal blieb sie über Nacht. Ich war der Situation nicht gewachsen. Ich meinte, ich wäre zu alt, betrieb die Trennung.

9 Pädagogischer Rat, 1986

„Nun, guten Morgen. Wie waren deine Ferien? Du warst doch wieder mit Schülern unterwegs? Hat alles gepasst oder gab es Ärger?" Monika Spitzer, Deutschlehrerin und Klassenleiterin einer Zehn, begrüßt mich aufgesetzt freundlich. In ihrem hellen T-Shirt und dem weiten Rock weht noch eine Erinnerung an die Ferien in die stillen Flure des Schulhauses. Sie sieht erholt aus, ich vermeide eine Bemerkung dazu. Sicher will sie nicht wissen, dass man ihr vor sieben Wochen am Schuljahresende dieses angesehen hatte. „Guten Morgen, Monika. Danke. Es lief gut. Aus deiner Klasse waren ja auch mehrere Schüler dabei. Das sind schon prima Jungs und Mädchen, verlässlich und sympathisch. Ich schreibe dir dann in der Versammlung eine Liste, wer alles beteiligt war. Du kannst alle loben. Mit solchen Schülern können wir sehr zufrieden sein. Und, bei dir?" Pseudokollegiales Lehrergeschwätz. „Ja, bei ‚Arbeit und Spaß' kann ich mir die Schüler schon gut vorstellen. Der Deutschunterricht mit Abschlussprüfung wird sicherlich nicht so berauschend werden." „Das schaffen wir schon, ich habe wieder Mathe und Physik in deiner Klasse. Und es sind ja auch viele Gute und ‚sehr Gute' dabei." „Na ja, aber Matthias und Heiner ..." Sie neigt dazu, eventuelle Probleme vorher zu ahnen und sich darüber zu sorgen. Das hat im Alltag freilich den Vorteil, dass sie dann im Fall des tatsächlichen Eintretens vorbereitet ist. „Das schaffen wir schon." Ermutigung, die ich mit einem Schulterklopfen verstärken will. Sie dankt es mit einem echten Lächeln. Wir sind an der weit geöffneten Doppeltür angekommen. Viele Plätze sind schon besetzt. Soweit es geht, begrüßt man sich untereinander mit Handschlag.

Die Aula ist gleichzeitig der Fachraum Musik und für die Kapazität der Schule zu klein. Große Anlässe feiern wir deshalb in der Turnhalle. Für die knapp fünfzig Lehrerinnen und Lehrer des Kollegiums ist der Saal aber gerade ausreichend. Vier Reihen aus sieben Tischen mit je zwei Plätzen. Materielle Voraussetzung, dass alle mitschreiben können, was man von ihnen erwartet. Stefan Maier ist schon da, wie abgesprochen hält der erste dem anderen den Nachbarplatz frei. Bei derartigen Versammlungen ist es günstig, jemanden neben sich zu haben, dem man vertraut. Langeweile, unangebrachte Heiterkeit, Umfang und Inhalt der Aufzeichnungen sollen mög- lichst nicht auffallen. „Guten Morgen, Stefan, danke. Alles gut bei dir?" Ich packe Schreibzeug aus, dazu den neuen Lehrerkalender. „Guten Morgen. Hast du die Neue gesehen? Attraktiv!" Er nickt anerkennend. „Ja, Musik/ Deutsch. Gut, dass ich kein Schüler mehr bin. Ich könnte mich nicht auf Noten oder Rechtschreibung konzentrieren!" Stefan blickt sich um. „Sonst scheinen alle wieder an Bord zu sein." – „Wenn du denkst, ich hätte in den letzten Wochen jemanden vermisst . . ." „Bettina ist tatsächlich ab dieser Woche am Jugendwerkhof als Erzieher. Ich habe sie vorgestern getroffen. Sie nimmt das aber relativ gelassen." „Was soll sie auch tun? Sie hatte keine echte Wahl." „Fünfmal Note Fünf im ‚schriftlichen Mathe' war auch wirklich arg." „Du kanntest die Klasse nicht. Die waren so schwach. Einige faul dazu. Ohne Bettina wäre es sicher noch schlimmer ausgefallen." – „Was gibt es Neues? Du warst doch gestern schon hier, die Linie abholen!" „Wie immer, nur schlimmer." Wir grinsen uns an. Ich schreibe schon mal in mein Buch: „Mittwoch, 27.08.1986, Pädagogischer Rat".

Die wichtigste Versammlung im Schuljahr muss der Direktor alleine leiten, er sitzt an der Stirnseite des Saales, sortiert seine Zettel. Hinter ihm beleben zwei Bilder in A1-Größe die Wand. Das Linke zeigt Adolph Diesterweg, den Namenspatron der Einrichtung in einer frühen Zeichnung. Daneben in gleicher Höhe das Standardbild vom ‚Staatsratsvorsitzenden' Erich Honecker, wie es wahrscheinlich in allen Ämtern und Schulen hängt. Honecker, in seinem Farbbild sieht geradeaus auf den Betrachter, während Diesterweg sich nach rechts abwendet, den Blick aus dem Fenster auf die Stadt. Alfred Zehner, seit vielen Jahren der Schulleiter, strafft sich, die Menge kommt zur Ruhe. Ein tadelnder Blick trifft zwei noch flüsternde Kolleginnen. Stille. „Liebe Kolleginnen und Kollegen. Zu Beginn möchte ich Ihnen die herzlichsten Grüße des Schulrates übermitteln, verbunden mit den besten Wünschen ..." Blabla ... Gewohnte Floskeln. Abgenutzt und inhaltslos. Er vermeidet Dialekt, könnte aber beim Sprechen nicht verleumden, dass er in diesem Ort aufgewachsen ist. Ich hole tief Luft und sehe zu Stefan. Mein Freund beginnt eine seiner Versammlungszeichnungen. Am Ende wird das ganze Blatt mit einem Segelschiffbild gefüllt sein.

Langeweile wächst wie Schlingknöterich aus den Notizen der Lehrer, schlängelt sich durch die Reihen und wird bald alles umschlossen halten.

„Das Schuljahr steht weiterhin im Zeichen der Auswertung und Umsetzung des XI. Parteitages der SED. Es kommt darauf an, dass die Pädagogen und Schüler die Strategie der SED ... immer besser begreifen und die tägliche Bildungs- und Erziehungsarbeit ... aus dieser Sicht gestalten."

Alle Versammlungsteilnehmer haben Masken auf, die interessierte Gesichter zeigen. Zehner tut, was man von ihm verlangt und erwartet, dass wir uns in gleicher Weise verhalten. Ich sehe ein überdimensionales Schachbrett vor mir, dessen Enden sich in der Unendlichkeit des Horizonts verlieren. Auf den cremeweißen und grauen Feldern hüpft eine hagere, lange Gestalt nach einem nur ihr bekannten Plan. Ein nicht geöffneter Schirm in der linken Hand zeigt senkrecht nach oben. Zwei Felder nach links, eines zurück. Dann wieder lange Diagonalen.

Ich habe Fotos vom „Lager für Arbeit und Erholung" entwickelt und schiebe Stefan unauffällig einige zu. Er betrachtet sie interessiert, schmunzelt bei dem Bild mit der Bank. Beim Zurückgeben zeigt er anerkennend auf das Bild von Magda. Ich schüttle den Kopf und mache ihn auf Kathrin aufmerksam. Auf den fragenden Blick nicke ich und ernte ein anerkennendes Lächeln.

Übermorgen wird die „Abschlussfeier der Ferienaktionen" im Nachbarkreis stattfinden. Mich umwerben eine amtliche Einladung und eine private Bemerkung. Die Zusage zur offiziellen Feier war leicht gegeben. Es lebe die deutsch-polnische Freundschaft. Für das andere Problem ist die Antwort „blowin' in the wind".

Kathrin, das Mädchen, die Frau. Jung, schön. Schön jung. Sind es ihre zwanzig Jahre, die es erlauben, dass sie so dominant in meinem Kopf herum stolpert? Ist es nur „die Epidermis" wie schon Moliére in einem ähnlichen Fall vermutete? Nein, die gefühlte Nähe und Vertrautheit waren wohl mehr als Sommerabendleichtigkeit. Gelegentlich fallen mir aber auch weißen Söckchen in Sandalen ein, danach das Fruit of the loom-T-Shirt. Eine filigrane Silberkette, die darin verschwindet. Die Früchte.

Stefan stößt mich unauffällig an. Ich saß zu lange ruhig

da, der vorgetragene Punkt scheint wichtig. Gudrun hat einmal gesagt, Direktor Zehner spricht so langsam, dass man kaum mitschrieben kann.

Punkt 3.1 Die Verantwortung der Klassenleiter als politische pädagogische Leiter zur Erziehung der ihnen anvertrauten Kinder und Jugendlichen ist durch folgende Aufgaben und ihre exakte Durchführung zu erhöhen:

- *Exakte Planung aller notwendigen Maßnahmen im Klassenleiterplan ...*
- *Ständige Abrechnung der Klassenleiter auf kaderpolitischem Gebiet ...*
- *Die Klassenleiter Maier, Tafel und Schneider haben die Aufgabe, die zukünftigen EOS-Kader in hoher Qualität zu gewinnen (Verhältnis Jungen-Mädchen beachten, Studienwünsche, Qualität auf politisch-moralischem und intellektuellem Bereich) Termin: bis Febr. 87 laut Pendelbogen*

Na, Mahlzeit. Stefan ist Klassenleiter einer neunten Klasse, ich habe eine der Parallelklassen. „EOS-Kader". Schüler, die nach der zehnten Klasse auf die erweiterte Oberschule gehen wollen, Abitur ablegen. Der Schulleiter liest es vor, eine Einsicht zwingt uns zum Mitschreiben. Im Ernstfall kann man wohl mit dem Chef verhandeln. Aber auch er hat seine Zahlen vom Kreis bekommen, nach denen er abrechnen muss. Am Ende des letzten Schuljahres war ich zufällig Zeuge, wie er am Telefon mit dem Schulleiter der anderen Oberschule unserer Stadt verhandelte.

„Also gut. Ich versetze den Fischer in der Acht. Ich habe
dann nur noch einen Nichtversetzten in der Acht. Dafür
muss der Hampel aus der Neun bei mir wiederholen und
du kannst deinen Kandidaten versetzen. Einverstanden?"
Die Zahl war vom Kreis vorgegeben, die Schulleitung wies
an, die Kollegen hatten sich zu kümmern, dass es passte.
So funktioniert Statistik. Die Lehrer sind in einer Reihe
angetreten. Jeder hat einen Wagen hinter sich, den er
über eine entfernte Ziellinie bringen muss. Der Schulleiter
verteilt Lasten, die vom Einzelnen sortiert werden müssen.
Wir versuchen so zu stapeln, dass wir die Ziellinie unbe-
schadet erreichen. Manche tun dies mit dem olympischen
Gedanken, andere führen sich wie Gladiatoren auf. Immer
sind mindestens drei, meist Kolleginnen, dabei, die nur
ein Ziel haben, in Anstand hinter die Linie zu kommen.
Andere haben ihre Pakete gleich in den Taschen ihrer
Kittel oder Jacken unterbringen können und werden in
großen Schritten vornweg laufen. Die Organisationsform
der Wissensvermittlung und Erziehung macht uns meist
zu Einzelkämpfern. Eine Idee, dass alle an einem großen
Wagen ziehen, jeder nach seinen Kräften, bleibt eine Vi-
sion. Prämien, Privilegien und Sonderstellungen wissen
das zu verhindern.

Zehner arbeitet sich weiter durch seinen Plan. Die
Angst einzuschlafen steigert mein Schreibbedürfnis.

6.5 Militärischer Berufsnachwuchs

6.5.1 Die Klassenleiter Maier, Tafel und
Schneider (Klasse 9) erhalten die
Aufgabe, bis zum 15.10.86 noch einen
Kader (Berufsoffiziernachwuchs, BOB)
zu gewinnen. Verantwortlich: og. Lehrer,
wöchentliche Abrechnung beim Direktor.

6.5.2 Die Kolleginnen Heinze und Karl ...

Er liest die Forderungen monoton ab. Bei den entsprechenden Punkten sucht er mit Augenkontakt die Bestätigung, dass wir zuhören und die Aufgabe annehmen. Dieser Pfeil traf wieder uns. Wir stöhnen uns leise an. Noch einen Schüler überreden, dass er zur Armee gehen *will*. Das bedeutet, gezielte Schülergespräche und Elternbesuche. Eine Prämie für uns am Schuljahresende ist damit unwahrscheinlich. Lehrer wollte ich werden! Erzieher! Nicht Agitator. Nicht Kassierer.

Eine Hornisse hat sich auf ihrem Erkundungsflug in das Versammlungszimmer verirrt. Außer einigen schreckhaften Kolleginnen sind alle dankbar für die Abwechslung. Mein Nachbar schiebt mir einen Zettel zu. „Wie viel ist sie jünger? Ist sie verheiratet?" Gut, dass uns keine Schüler beobachten. Ich schreibe über seine Fragen: „14" und „nein". Er antwortet „schön" und „schlecht!" unter den Text. Ich sehe ihn fragend an. Stefan ist ein paar Jahre älter als ich. Sicher hat er bestimmte Erfahrungen.

Direktor Zehner ist in seinem Referat mittlerweile bei den einzelnen Fächern. Er beginnt dieses Schuljahr tatsächlich mit Mathematik. Weil diese Versammlungen sonst kaum Überraschungen bieten, beginnt man auf Kleinigkeiten zu achten. In Klasse 8 gilt ein neuer Lehrplan. Als neuntes Fach nennt er ESP und als zehntes erst, interessanterweise, Russisch vor den Schlusslichtern Musik und Sport. Selbst aufgezwungene Disziplin hat uns auf unsere Bänke gefesselt und geknebelt. Der Schulleiter kommt zur

- *Erhöhung der Erziehungswirksamkeit des Unterrichtes (Freundschaftsgedanke zur Sowjetunion.)*

Sein Gesicht ist dabei völlig ohne deutbare Mimik. Die Sowjetunion. Nach drei alten Männern hat man im

78

„Bruderland" einen Vierundfünfzigjährigen an die Spitze gewählt: Gorbatschow, Parteichef und Staatspräsident. Und tatsächlich kommen neuerdings einzelne ungewohnte Nachrichten. Von „Glasnost" und „Perestroika" ist jetzt die Rede, Transparenz und Umgestaltung. Eine zähe Lähmung hat fast alle im Raum erfasst, die Gedanken schweifen immer öfter ab. Warum auch keine Pause dazwischen eingeräumt wird!? Hat er Angst, wir kämen nicht wieder? Sein Zettelstapel auf der linken Seite ist jetzt deutlich größer als der mit dem Nichtverlesenen. Falls der Direktor einen roten Faden in seinem Plan hatte, windet sich dieser jetzt durch die Gedanken und Anweisungen zur „außerunterrichtlichen Arbeit". Stefan stößt mich an, macht mich auf die Formulierungen aufmerksam:

„Die freiwillige produktive Tätigkeit der FDJler in den Ferien ist planmäßig als wichtiges Feld der polytechnischen Bildung und Erziehung weiterzuentwickeln. Für den Lagereinsatz bereitet Kollegin Heinze die entsprechenden Maßnahmen ... "

Bitte? Martina Heinze? Was versteht die denn davon? Was soll das jetzt? „Lagereinsatz" klingt schon nicht richtig, der Ausdruck weckt falsche Assoziationen. „Organisierte, nützliche Feriengestaltung" vielleicht. Das war nämlich eine gelungene Sache, dieses Mal. Auch mir hat die Aktion sehr schöne Erlebnisse gebracht. Beata und Magda, meine polnischen Freundinnen und Erzieherinnen. Es gab nicht nur Geschenke zum Abschied, auch Küsschen und Tränen. „Helpless" von Neil Young als letzter Tanz mit Beata hat jetzt eine ganz neue Bedeutung für mich. Und die Bekanntschaft mit Kathrin führte zu Überra-schungen und Geheimnissen. Offizielle Abschlussveranstaltung der

Ferienaktion. „Dazu laden wir Sie als Leiter der deutschen Delegation herzlich ein." Eine Überraschung gäbe es, hat Kathrin gesagt und dass ich bei ihr übernachten könnte. Vielleicht habe ich mich auch verhört. Gibt es auch „Freudsche Ver-hörer"? Ob sie überhaupt noch weiß, dass sie mich eingeladen hat? Falls sie das so meinte. Es kann viel passiert sein, der Abend ist mehr als fünf Wochen her. Ich phantasiere mir bestimmt seltsame Sachen zurecht. Dann sitzen vielleicht ihre Eltern im Wohnzimmer, begutachten mich und wenn ich Glück habe, räumen sie das Sofa als Gästebett. Was soll's. Ich kann nach der Veranstaltung immer noch heimfahren. Dann muss ich auch nicht mittrinken, habe eine plausible Entschuldigung. Auf die deutsch-polnische Freundschaft und unsere Erfolge. Zum Glück bin ich nicht mehr in dem Alter, in dem man trinken muss, weil es umsonst ist.

Plötzlich ist der „Chef" fertig. Kein: „Ich wünsche uns ... " Nichts. Er beendet einfach. Hinter mir murmelt einer „Amen!"

Zögernd erheben sich die Ersten. Einzelne drängen nach vorn. Sie wollen etwas nachfragen oder ergänzen. Über den leise aufkommenden Kommentaren ahnt jeder ein Crescendo. Das Verlangen, wieder selbst reden und werten zu dürfen. Bei uns kommt nur ein Nicken zum Freund, ein Blick. Zu abgefüllt sind die Lehrerseelen, durch falsche Aktivität würden sie überlaufen. Morgen früh um neun Uhr darf sich jeder seinen Stundenplan, die Klassenlisten und dergleichen abholen. „Bis morgen, schönen Tag noch."

10   Der Besuch

„Hallo! Wie war die erste Schulwoche?" – Nachdem der Nach-Mittagszug als Einzige nur sie auf diesem Bahnhof entlassen hat, fährt er weiter nach Norden. Der Samstag fühlt sich wie ein Herbsttag an, obwohl die Temperaturen Sommer vorspielen. „Guten Tag. Fang doch nicht gleich von der Schule an. Es ist schön, dass du hier bist. Gib mir bitte die Tasche. Lass dich ansehen. Du siehst ausgeruht aus. Ich freue mich ganz toll." Unnötig viele Worte sollen das Herzklopfen übertönen.

„Worauf denn, Herr Schneider?" Es ist mehr ein Glucksen, dafür lachen ihre Augen offen. „Auf dich, und auf das Wochenende." „Ich freue mich auch. Ich wollte doch eigentlich nur wissen, wie deine Woche war." Die Vertrautheit der Sommernächte ist einer Unsicherheit gewichen. Zwischen den Pflastersteinen des Bahnsteiges finde ich alte Erinnerungen. Sie lassen die Arme schwer werden. Geschichten, die hier begannen, schöne und schlimme Tage, die hier endeten. Zwischen den Masten und Balken des Vordaches wehen längst verhallte Sätze wie die Wimpelketten der Pionierzeit.

Doch jetzt steht Kathrin vor mir. Das Leuchten in ihren Augen beweist, dass die Freude echt ist. In meinem Kopf aber passt die junge Frau auf diesen Bahnhof wie Luise Millerin in einen Indianerfilm. „Darf ich dich hier in der Öffentlichkeit küssen, du Perle des Vogtlandes?" „Es sei Ihnen gewährt! Aber sittlich, nicht wieder so ungestüm, bitte dem Orte angepasst, Herr Lehrer!" „Es ist ja keiner da." Tatsächlich sind wir auf dem Bahnhof allein. Das Licht erinnert an verblasste Dias vergessener Sommer. „Soll ich dir ein wenig von der Stadt zeigen oder was würdest du gern tun?" „Ich weiß nicht. Ich glaube, ich war hier nur einmal für einen Ausscheid mit der Schulmannschaft." Zu vage war der Abschied letzten Samstagmorgen gewesen. Ich hatte mich aus dem Zimmer unterm Dach zur Haustür geschlichen. Falsche Angst vor einem Frühstück in der Wohnung, vielleicht Begegnung mit den Eltern trieb mich fort. Sie hatte mich bis an die Haustür begleitet, auf einzelne knarrende Stufen flüsternd aufmerksam gemacht. Ein verwischter Kuss. Danke, ich rufe dich an, ich schreibe dir. Ich hatte sie nach dieser Nacht allein dort stehen lassen. Ich hatte sie verlassen.

Mit der Hand einen Bogen andeutend zeige ich auf das Bahnhofgebäude hinter uns. „Hier, junge Frau, also der Bahnhof. Mein Freund James behauptet, es sei das nützlichste Haus in der ganzen Stadt, weil man von hier aus in andere Städte fahren kann."

„Hat das denn einen Markt hier, oder wo wird euer Thing abgehalten? Bietet man vielleicht irgendwo Eis feil?" „Eine vortreffliche Idee, Teuerste, wollen wir uns zu Fuß dorthin begeben?" „Benützt man keine Trage-stühle in diesem Markflecken?" Allein die Art, wie sie den Mund dabei spitzt, macht sie liebenswert. „Sänften wären wohl, liebe Frau, allein es fehlen die jungen, star-ken Recken." Mit bewährten Dialogenmustern versuchen wir uns Lockerheit vorzugaukeln, hoffend, schnell wieder einander zu finden. Es zeigt sich als unerwarteten Unter-schied, ob man eine Frau in einer fremden Stadt oder auf dem heimischen Bahnhof an den Händen fasst. „Komm, deine Tasche schließen wir im Auto ein und wir laufen ein wenig. Gut?" „Wie Ihr befehlt, Herr Magister!" Sie kann tatsächlich einen richtigen Hofknicks. Kommen wir aus dieser Schleife noch einmal heraus? Ich habe das starke Bedürfnis, sie an mich zu drücken. „Kommt, Prinzessin, gewährt mir die Gnade, reicht mir eure Hand." „Nennst du auch jede Frau Prinzessin, wie dieser gewisse Peter?" Wir legen die Tasche in den Trabant, der auf dem Vorplatz wartet. Es verwundert mich immer noch, dass eine junge Frau Tucholskys Geschichten kennt. „Nein, nein. Natürlich nicht, nur dich. Komm mit, meine kluge Lydia."

Eine lethargische Ruhe lauert gelangweilt auf den Gehsteigen der Kleinstadt. Nur wenige, meist alte Menschen verlieren sich fern in Nebenstraßen. „Sagt ehrlich, Meister, wohnen hier auch richtige Untertanen? Oder habt ihr die Fassaden nur zum Schein aufgestellt, wie ein gewisser Potemkin?" Sie sagt tatsächlich „Patjomkin" und langsam finden wir uns wieder. „Da oben in der Straße, die aus der Stadt hinausführt, hatten DIE tatsächlich bei einigen Häusern ein paar Außenwände hergerichtet oder Plakate davorgestellt. Damit man den Zerfall nicht sehen sollte, damals als der Sigmund Jähn hier durchfuhr." Ich zeige mit dem Kopf in die Richtung. „Aber Leute müsste es eigentlich hier genügend geben. Keine Ahnung, wo die heute alle sind. Ist vielleicht ein wichtiges Fußballspiel im Fernsehen?" „Ich denke, man spielt hier Eishockey?" „Ohrr, neee. Im Winter doch: ‚EIS'-Hockey." „Haben die ‚Hockeys' im Sommer frei?" „Weiß ich nicht, da müssen die Spieler bestimmt ihre Brüche und Prellungen auskurieren."

Wenn man Ortsfremde durch bekannte Gegenden führt, werden auch die eigenen Augen kritischer. Scheinbar Vertrautes erfährt eine neue Bewertung. Die Stadt scheint zu schlafen. Mich überkommt eine Ahnung, sie würde dies seit Jahrzehnten tun. Die Straßen wirken jetzt armselig und unattraktiv. Wie bei jemandem, dem im Schlaf alle Gesichtszüge entglitten sind. „Das ist jetzt hoffentlich nicht eure Prachtstraße?" Als Frau und als Fremde sieht sie es noch deutlicher. Die Straße trug früher den Namen mehrerer Könige. „Nein. Jetzt nicht mehr. Sie hätte es wohl einmal werden können. Sieh einmal. Schön breit angelegt. Bürgerhäuser, gerade ausgerichtet, vom Zentrum zum Bahnhof. Na ja fast. Bisschen daneben." „Das WAR sicher einmal schön. Die Fassaden sehen schlimm aus, verfallen, schade." „Ruinen schaffen, ohne Waffen." Ich bin fast traurig, die Parole zitieren zu müssen. Der Putz fehlt an mehreren Stellen großflächig. Die noch vorhandenen Elemente lassen erahnen, wie aufwändig und liebevoll man beim Planen und Bauen gearbeitet hatte. Seit ein paar Jahren fotografiere ich solche traurigen Beispiele. Fast alle Häuser in dieser Straße sind desolat. Ihr Anblick wird völlig von Antennenkabeln für das Westfernsehen zerstört. Deren Verlauf an den Außenwänden wurde nur von der Zweckmäßigkeit bestimmt. Die Gardinen hinter den geputzten Fenstern widersprechen dem äußeren Eindruck. Die Kabel enden an TV-Geräten in wahrscheinlich behaglich eingerichteten Stuben. Grünpflanzen auf den Fensterbrettern sollen den Blick ablenken, die Sicht in beide Richtungen kaschieren. Ich freue mich, dass die Frau neben mir die beschämende, morbide Situation erfassen kann. Sie ist jung. In ihrem Alter hat man gewöhnlich andere Probleme mit der Welt. Und ich hätte es vor fünfzehn Jahren wahrscheinlich nicht beachtet. Fünfzehn Jahre. Unsicherheit fasst schon wieder nach mir, die trügerische Begleiterin war uns nachgeschlichen. Ich sehe Kathrin an, sie bemerkt es lächelnd. Ich habe Angst, dass sich alles so falsch entwickeln wird wie dieses Straßenbild. Was tue ich hier? Sie scheint meine Bedenken zu spüren und greift meine Hand. „Immerhin hat man Bäumchen hier gepflanzt. Sind das Magnolien?" Sie gluckert wieder so vertraut. „Nein, meine Liebe, es sind Mehlbeeren." „Aber Wölfchen. Mehl? Beeren? Glaubst wohl, du kannst mir hier alles . . . " Sie entzieht sich einem Kuss. „Was machen wir denn heute Abend?" Endlich eine lockere Unbeschwertheit. „Tja. Viel Kultur wird in der Stadt nicht geboten. Ein Zirkus hat vorgestern sein Zelt aufgebaut. Und ein Kino ist auch noch übriggeblieben. Gleich da vorn. Unzählige Kneipen bieten mehr oder eher weniger Niveau. Im Allgemeinen frönt man hier aber dem Heimsuff." Ich überlege, welcher Weg zum Markt wohl ein wenig gefälliger ist. „Da drüben ist die Eisdiele. Möchtest du ein Eis?" „Ja gern. Aber nur eine Waffeltüte mit einer Kugel, wenn man dieses anbietet. Wolltest du dich reinsetzen?" „Nein, schon gut. Passt schon." Sie bestellt und bezahlt selbst. An einem der kleinen Tische sitzen die Eltern eines Schülers, sie grüßen uns und verbergen ihr Interesse nur schlecht. „Kennen dich alle hier?" Sie müht sich beim Rausgehen mit der Menge Eis auf der kleinen Waffel. „Kleinstadt halt. Montag wird man in der Schule auswerten, dass der Schneider mit einer jungen Frau in der Eisdiele war." Und feststellen, dass sie sehr jung für mich ist. Den Zusatz behalte ich lieber für mich. „Und mich beneiden", sage ich stattdessen und versuche stolz auszusehen.

„Der Herr haben doch gewiss eine Hütte oder ein Büdchen irgendwo, in dem ein Tisch und eine Lagerstatt stehen?" Sie sieht sich fragend um. „Gewiss, Gnädigste. Es sind dorthin sogar weniger Schritte als zu dem Wagen, wir sollten ihn aber vielleicht trotzdem mitnehmen. Hier entlang bitte, Schönste." Einen anderen Weg nutzend kommen wir an eine gewaltige Baustelle. Gräben, Erdhaufen und Absperrungen lassen erahnen, wie der Platz einmal aussehen soll. „Siehst du, es verändert sich doch etwas. Und dahinten wird, scheint es, die ganze Straße neu gebaut." „Das hättest du einmal vorher sehen sollen.

Als man anfing und das erste Haus abgerissen hat, sind die nächsten zwei gleich mit umgefallen. Nur eine einzige, relativ kleine Granate schlug im Krieg hier ein. Sie zerstörte den Teil eines Hauses. Den Rest erledigt hier die Zeit." „Sind der Herr heute pessimistisch? Sicher gibt es hier auch jetzt schon schönere Stellen! Gib er sich Mühe!" „Nun, womit darf ich hoffen, ihr Auge zu erfreuen, schöne Frau?" „Parks oder Gärten, ein Schlösschen vielleicht?" Ich muss lachen. „Parks hat es, mehr oder weniger schöne und unterschiedlich große. Öffentliche Gärten hat man nicht in dieser Stadt, Schrebergärten dafür, meine Mutter kramelt auch in einem. Die Laube ist so groß, dass gerade ein Stuhl hineinpasst. Nein, ein Schloss hat es hier leider auch nicht." „Komm schon, es muss doch etwas geben, das man dem Fremden hier gern zeigt!" Ich bin jetzt ratlos. Die Straßen und Häuser sind es offensichtlich schon mal nicht, was den Reiz HEIMAT ausmacht.

„Dort oben hinter den ehemaligen Villen der Reichen der Stadt sind Neubauten. Ich kenne viele, die sehr stolz sind, dort zu wohnen. Fließend warmes Wasser, Heizung, die Toilette und ein Bad in der Wohnung, das waren gewaltige Verbesserungen für die Leute. Architektonisch ist das aber uninspiriert, langweilig. ‚Golanhöhen' nennen die Leute das Viertel." „‚Ich habe gebaut, so gut wie ich konnte, und so schön, wie ich durfte.' Soll ein wichtiger Architekt gesagt haben, in Berlin oder in Rostock? Ich weiß es nicht mehr." „Klingt aber gut. Gehen wir zu mir." „Ja. Darauf bin ich jetzt wirklich gespannt, mein Herr." Sie hält noch meine Hand. „Wie lange kannst du bleiben?" „Ich fahre morgen Abend gleich von hier aus nach Leipzig. Wenn ich darf."

11 Der Anruf (2)

Kathrin Lindner hält den Telefonhörer zwar mit der Schulter am Ohr, spricht aber nicht, beschäftigt sich mit einem Ablaufplan.

Silke Bernauer, die gerade das Zimmer betreten hat, wollte offenbar Neuigkeiten loswerden. Sie bleibt abwartend stehen und sieht ihre Kollegin fragend an. Mit ihrem Dienstzimmer „Amt für Schulen, Sport, Kultur" haben es die beiden Frauen gut getroffen, ein großes Fenster lässt freien Blick bis weit auf die Hügel des oberen Vogtlandes. Kathrin bedeckt mit der Hand das Mikrofon des Telefons und begrüßt die hereingekommene Kollegin. „Hallo. Ich soll den Lehrer von Maria anrufen. Wahrscheinlich muss die Sekretärin ihn erst suchen. Und die Schule ist groß." Silke versteckt ihre Jacke im Schrank und setzt sich auf den modernen Drehsessel gegenüber. Die Freundinnen hatten beim Bezug des neuen Büros ihre Schreibtische so stellen lassen, dass sie sich bei der Arbeit ansehen konnten. „Was Besonderes los?" Sie flüstern noch immer. „Mit Maria? Ich denke nicht. Die üblichen Sorgen. Und was war auf der Baustelle?" „Ach ja. Da ist doch der ... " Kathrin Lindner, Stellvertretende Abteilungsleiterin im Referat winkt ab, zeigt auf das Telefon. Sie setzt sich gerade. „Guten Tag. Herr Schneider."

Dabei lächelt sie. Sie hört belustigt einer offensichtlich längeren Einleitung zu. „Ist es etwas Schlimmes? Ist es eilig?" Scheinbar entspannt lehnt sie sich jetzt im Sessel zurück."Soll ich in die Schule kommen?" Sie lauscht nur kurz in den Hörer, unterbricht dann: „wollen Sie einmal zu uns kommen? ... Treffen wir uns doch, wenn es Ihnen recht ist auf halber Strecke! Ist es Ihnen am Donnerstag möglich? Am zeitigen Nachmittag?" Sie wartet jetzt die

Antwort ab und schlägt dann vor: „Direkt an der Straße von P. etwa in der Ortsmitte ist eine Gaststätte mit
einem Parkplatz davor. Nicht oben auf der Burg. Unten
an der Straße. Kennen Sie sich da aus?" Sie lacht ihrer
Kollegin zu. „Ich könnte ab halb zwei dort sein." Nachdem ihr Gesprächspartner bestätigt hat, beendet sie das
Gespräch: „Auf Wiedersehen. Bis Donnerstag." Silke Bernauer kann kaum abwarten, bis der Hörer aufliegt. „Was
war das denn? So gute Nachrichten? Ein Date mit dem
Lehrer?" Es dauert eine Weile, bis Kathrin antwortet, als
müsse sie die Situation erst sortieren. „Ich kenne ihn von
früher. Er weiß das, wie es scheint, nur noch nicht. Na,
auf das Gesicht bin ich gespannt." Silke holt einen Becher
Jogurt hervor. „Erzähl mal." „Das ist schon lange her
und auch gar nicht mehr wahr. Ich war fast frisch von
der Schule. Noch vor dem Studium war das." „Kenn ich
ihn? Wie sieht er aus?" „Das weiß ich doch nicht. Wart'
mal. Melanie ist jetzt zwanzig, es ist also zweiundzwan-
zig Jahre her." Ungläubig schüttelt sie den Kopf. „Das
müssen aber schöne Erinnerungen sein. Wie du guckst!"
Kathrin überlegt kurz. „Tja. Ich war auch mal jung. Jetzt
erzähl du mal, was war draußen los?" „Bohhrr." Silke
verzieht den Mund. „Mach mal! Erzähl doch mal erst",
bettelt sie. Kathrin stöhnt. „Wir waren für ein ‚Lager
für Arbeit und Erholung' zuständig. Er als Leiter der
deutschen Schülergruppe und ich als Verantwortliche vom
Rat." „Lager?" Die Verwunderung der Kollegin ist echt.
„Ihr jungen Leute", Kathrin lacht, „ihr wisst auch gar
nichts. Ferienlager. Sommerlager." „Erzähl, erzähl." Die
Mitarbeiterin bettelt wie ein kleines Kind. „Wenn mal
Zeit für solche Geschichten ist, versprochen. Jetzt bin ich
erst mal selbst ein bisschen gespannt. Komm, wir haben
zu tun." Silke war die Baustelle für die neue Turnhalle

inspizieren und berichtet. Sie legen Maßnahmen fest, dann wird es privater.

„Was schenken wir denn nun zur Hochzeit? Was könnten das junge Glück denn noch brauchen?" „Ich habe an so ein Tisch-Raclette gedacht. Ist nicht so alltäglich wie eine Kaffeemaschine, kommt aber gut an?" Die Ältere hat ihren Vorschlag als Frage vorgetragen. „Und wenn sie dann zwei haben?" „Wir heben den Kassenzettel auf, sie können es in dem Fall umtauschen. Oder sie geben es Karla. Die hat, glaub ich, auch kein Raclette oder so was." „Karla ist aufgeregt, als wäre es ihre eigene Hochzeit. Es wird ganz schön schlimm für sie werden, wenn Sebastian auszieht." „Ich fürchte auch. Ist aber auch kein Wunder." „Ist sie von Anfang an allein mit ihm oder war da mal ein Mann?" Kathrin lacht. „Da muss ganz am Anfang schon mal ein Mann gewesen sein. Aber ich habe nie etwas gehört. Eines Tages kam sie und sagte, sie wäre schwanger. Ich weiß noch, wie glücklich sie dabei war. Das war noch ein, zwei Jahre, bevor ich Melanie bekam." „Hat sie aber gut hinbekommen, allein mit dem Kind. Wie die Zeit vergeht, jetzt heiratet der schon, ich sehe die beiden noch, Sebastian im Kinderwagen. War sie die ganzen Jahre allein?"

12   Begegnung

Wahrscheinlich hätte ich Kathrin nicht erkannt. Aber in dem Gastraum sitzt nur eine Frau, die zudem offensichtlich wartet. Wir hatten am Telefon ein Treffen auf halbem Weg vereinbart. Es war ihr Vorschlag. Eine Gaststätte zu Füßen einer kleinen Burg. Ich kannte bisher nur die Burg und das dazugehörige Restaurant dort oben. Scheinbar geht es der Laufkundschaft genauso. Der Parkplatz ist übersichtlich und fast leer. Ein heller VW Golf mit dem entsprechenden Kennzeichen parkt in der Nähe des Eingangs. Im Gastraum döst dunkles Nachmittagslicht, eine müde, braungraue Apathie. Das übliche Kneipengeruchs-Potpourri ist nur zart und unaufdringlich, aber auch hier präsent. Die Frau erhebt sich, während ich den Raum durchquere. Als Erste hat sie den Platz klug gewählt. Oder entscheiden Frauen dies intuitiv? Ich muss den langen Weg auf sie zu ablaufen, während sie mich in Ruhe beobachten kann. Auf der Fahrt hierher beschäftigte mich auch die Erinnerung an mein Seminargruppentreffen. Die früheren Mitstudenten, die mit ihren Gesichtern und den Körpern nur in meinem Kopf jung geblieben waren. Ich hatte den Rückspiegel verdreht und versucht, mein Gesicht zu bewerten. Zwanzig Jahre Abstand eben. Zwei Jahrzehnte weiter. Siebentausend Tage und Nächte. Arbeit, Alltag, Glück und Tränen, eine Scheidung. Das ganze Füllhorn.

Es gelingt mir, die Distanz ohne stolpern zu überwinden. Ein erster Erfolg. Aufregung, wie beim ersten Date. Zu meinen Schritten auf dem Kneipenboden höre ich das Blut in den Ohren pulsieren. Und die pochende Frage, die sich aus wagen Gedanken immer lauter artikulierte. Habe ich eine Tochter? Stehe ich jetzt der Mutter meines

Kindes gegenüber? Zu zeitig strecke ich die Hand aus. Unter einer dicken Decke Fremdheit schimmert ein Lächeln, eine verblasste Erinnerung. Abwartendes taxieren. Businesskleidung. Schulterlange Haare, die Stirn frei, kleine goldene Ohrstecker lassen ihr Gesicht festlich erscheinen. Offensichtlich ist sie über mein Aussehen nicht sehr erschrocken oder hat sich gut in Kontrolle. „Guten Tag. Schön, dass das hier klappt. Wie geht es Dir?" Sie zeigt auf den Stuhl neben sich. „Guten Tag." Ich möchte etwas Lobendes über ihr Aussehen sagen, habe aber Angst, dass es falsch klingt. Was würde es heute nützen. Nach den ungesagten Sätzen vor zwanzig Jahren, jetzt zum Eltern-Lehrer-Treffen. Mütter von Töchtern, so scheint mir, sehen meist weicher und weiblicher aus als Frauen, zu deren Haushalt drei männliche Wesen gehören. In Kathrins Gesicht haben die Jahre nur zarte Spuren angelegt. Ich halte zu lange ihre Hand. Meine Gedanken sind für eine Frau zu offensichtlich: „Zwanzig Jahre eben." sagt sie. Doch es klingt nicht traurig oder resigniert. Sie lächelt immer noch. „Willst du stehen bleiben?" „Ich? Nein, ich ..." Eine Bedienung kommt und sieht mich erwartend an. Die Kellnerin fragt nur durch ihre Haltung. Bei einem solchen Treffen stören zu viele Worte von Fremden. Auf dem Tisch wartet ein Kännchen Kaffee auf Geselligkeit. „Guten Tag. Auch ein Kännchen, schwarz, bitte." Das Gesicht signalisiert, dass die Frau diese Bestellung erwartet hat, sie geht lautlos in die Küche. „Ohne Bart hätte ich dich fast nicht erkannt." Kathrin wirkt sehr locker. „Danke, dass du dir extra wegen Maria die Mühe machst. Kommt so etwas oft vor, dass du wegen deinen Schülern herumreisen musst?" Ich habe Angst vor dem Thema, ich möchte es lieber aufschieben. Es sprudelt dann doch aus mir heraus. „Seit wann weißt du, dass wir uns kennen? Ich

meine, dass ich, also . . . , dass der Lehrer deiner Töchter
. . . " Jetzt bin ich doch der Verwirrte, Unsichere. „Wie
geht es dir? Wie ist es dir ergangen?" „Na ja", sie lächelt
wieder, während sie den Kaffeelöffel in der Hand wiegt.
„Studium, Mann, Haus gebaut. Beruf. Zwei Töchter, die
du ja kennst." Ihre Stimme dabei schwankt zwischen Ironie und Belustigung über mich. In das Lächeln könnte
ich mich neu verlieben. „Und Du?", gibt sie den Ball ab.
„Die Mädchen haben von dir erzählt. Es scheint dir noch
Spaß zu machen." „Ja. Mir geht es gut."

Mir wird klar, dass sie danach gar nicht gefragt hat. Ich
suche ja auch Antworten in einer anderen Sache. Kathrin
scheint kein bisschen aufgeregt zu sein. Sie verhält sich
fast beleidigend neutral. „Und, was ist denn mit Maria?
Leider hat sie es nicht so einfach wie Melanie! Macht
sie große Probleme? Danke erst einmal, dass du dir so
viel Mühe machst." „Maria . . . " Ich suche einen Anfang.
Die Bedienung kommt mit meinem Kaffee. Offensichtlich
war er schon vorbereitet. Ich verstumme und kann mich
sammeln. „Was hat sie dir erzählt?" Wir sehen uns an.
Die Blicke begegnen sich ehrlich und unverstellt.

„Dass sie aufhören will. Sie scheint sich sehr zu quälen.
Bei ihr ist alles komplizierter. Maria war schon als kleines
Mädchen so verschlossen. Sie hat immer alleine gespielt.
Wir haben die ganze Palette erleben dürfen. Eine Zeitlang
war sie am liebsten mit „Dschordsch" zusammen. Das war
ein Junge, den nur sie sehen konnte. Mit sechs Jahren
fiel sie einmal von der Schaukel. Danach hatte sie alle
Zahlen vergessen und musste das komplett neu lernen. Wir
sind froh, dass sie jetzt doch so weit gekommen ist. Die
Geschichten, die sie sich früher ausdachte! Jetzt zeichnet
und malt sie fast immer und kann so ihre Gedanken in
Bildern Realität werden lassen. Das ist gut für sie. Es wirkt

92

wie ein Ventil. Mit dem Gymnasium, das war bestimmt ein Fehler. Aber die große Schwester hat so geschwärmt und war zufrieden. Melanie lebte richtig auf, als sie zu Euch kam. Natürlich wollte die kleine Schwester das auch kennenlernen. Und bisher ging es ja gut?" Sie formuliert den letzten Satz als Frage, wie sie es schon früher getan hat. Sie hebt die Stimme etwas zum Ende auf die letzte Silbe und lässt so den Satz im Raum stehen.

Ich nehme die Kaffetasse. Es ist Verlegenheit, ich will mich erst sammeln. Kathrin wartet geduldig, beobachtet mich dabei. „Wenn sie das Gymnasium mit der Zehn verlässt, was könnte sie dann machen?" Ich schiebe die Antworten und die wichtige Frage vor mir her.

„Ach, wir haben damit kein Problem. Mein Mann und ich kennen auch entsprechende Leute. Handwerksmeister oder eine Arbeit in einem Büro. Letzte Woche habe ich mit einer Schaufensterdekorateurin gesprochen. Ich denke, das könnte ihr gefallen."

„Na gut. Dann werden wir das probieren. Ihr kümmert euch um eine Stelle und ich werde sehen, was wir in der Schule tun können, damit sie einen akzeptablen Abschluss der Zehn schafft." Ein bestätigendes Nicken antwortet mir. „Bist du in einer Arbeitspause hier?" Ich möchte nicht, dass das Gespräch zu Ende geht, aber eine andere Frage fällt mir so schnell nicht ein. „Ich konnte das mit einem Termin verbinden. Ich muss aber noch einmal ins Büro." Ihre kühle Sachlichkeit ärgert mich. Ich habe gelernt, Gespräche so zu führen, dass Resultate entstehen. Hier in dieser Begegnung funktioniert nichts. Die Frau ist so schrecklich ruhig. Sie wirkt so wissend, als sei alles geplant und wir spielen nur unsere Rollen. Wobei sie mich allerdings mit ironischen Blicken kontrolliert. „Ich habe deinen letzten Brief noch." Ich musste diesen Befreiungsschuss probieren. „Ja?" Sie scheint kurz erstaunt, verharrt nur einen Moment. Wundert sie sich über den Fakt oder über die aufgedrängte Erinnerung?

Ich war damals, vor zwanzig Jahren, ängstlich und borniert. Ich lebte allein mit zwei Töchtern in einer großen Wohnung, in einem Haus mit meiner Mutter. Die Stadt war eine Kleinstadt und mich störten Banalitäten. Ein roter Hut, mit dem sie mich besuchen kam. Ich fühlte mich eingeklemmt als Vater und Sohn. Sie wollte studieren, hatte ein Leben vor sich, in der Großstadt. Studium, Beruf, Freunde.

Eines Tages, auf meinem Fenster,
saß ein Vogel und der gefiel mir ...
Warum lässt du da fliegen
vielleicht die letzte Gelegenheit.
Aber ich fing ihn nicht.
'Mutter', sag ich, 'eben darum,
weil er jung ist und so schön.
Soll er fliegen weit in die Welt,
dass kein Ring ihn drückt oder hält!'
Darum fang ich ihn nicht.

Dass er erst noch ergründe
alle zehntausend Winde!
Darum fang ich ihn nicht.
Dass nicht in solchen Zimmern
seine Flügel verkümmern.
Darum fang ich ihn nicht.
Und da fliegt er, der Vogel.
Mutter sagt: 'Na, nun heul nicht!'
Und da heul ich noch mehr.[1]

---

[1]Aus: Blues von der letzten Gelegenheit
Text: Kurt Demmler, Musik: Franz Bartzsch
Bekannt durch die Interpretation von Veronika Fischer.

Ich sang den Fischer-Text und ich sah Humphrey Bogart in Casablanca vor mir, wie er die geliebte Frau wegschickt, weil er meinen muss, ohne ihn hätte sie ein besseres Leben. Und ich fühlte mich als starker Held. Dann kam die „Wende", unsere Hoffnungen und Enttäuschungen und viele Änderungen. Andere Frauen wurden wichtig, neue Geschichten. Ich hatte Kathrin Kunert an den Rand meiner Erinnerungen geschoben. Bis ich Melanie kennenlernte und ihre Schwester, Maria. Bis ich bemerkte, dass ich die Mutter kannte. Dass ich sie einmal sehr nah kannte. Und bis ich zu rechnen begann.

„Ich habe alles weggeworfen", sagt sie konsequenterweise. „Nein. Die Schallplatte muss noch da sein. Aber ich weiß gar nicht, wohin mein Mann die Schallplatten geräumt hat." Ich weiß genau, wovon sie spricht: „,Disco-Tipp'. Ich habe die Platte später noch einmal auf dem Trödelmarkt gekauft. Natschinskis ,Ich lieb dich mehr und mehr'...." Sie zuckt nur die Schulter, schüttelt den Kopf ein wenig. Ich erkenne sie in dieser Reaktion wieder. Offenbar hat sie wirklich mit der Zeit abgeschlossen. Mit der Zeit, als wir... enger, intimer waren. Ich will nicht schweigen. Ich möchte es so neutral wie möglich sagen, merke aber, dass meine Stimme zittert. „Melanie könnte meine Tochter sein." Kathrin sieht mich überrascht an, überlegt kurz. Fröhlichkeit im Gesicht, sie legt ihre Hand auf meine. „Nein. Herr Lehrer. Da haben Sie sich verrechnet. Dazu fehlen fast zwei Jahre." Sie denkt belustigt über die Möglichkeit nach. Sie gluckst wieder und ich weiß, dass mir das gefehlt hat. Ich hole Luft, Kathrin wartet auf meine Erwiderung. Ich habe keine. Schweigende Blicke. „Na dann. Es war schön...", sie überlegt, „den Lieblingslehrer meiner Töchter einmal zu sehen." Sie sucht nach Geld in ihrer Handtasche. Was ich mir im Vorfeld dieser Begegnung alles ausgemalt habe. Lebenswege, deren Anfang ich meinte, vor mir zu sehen. Ich will nicht zulassen, dass alles in Gleichgültigkeit zerläuft. „Es war schön, Dich wiederzusehen. Lass sein, ich bezahle." „Danke. Wir haben ja alles besprochen." Sie gibt mir die Hand, bleibt auf Abstand. „Auf Wiedersehen dann. Ich muss noch ein Geschenk fürs Amt besorgen. Am Wochenende heiratet der Sohn einer Freundin, einer Kollegin. Karla, vielleicht kannst du dich an sie erinnern? Sie war damals auch schon bei uns."

Besonderen Dank an Catharina für die freundliche und hilfreiche Lektorierung.